KB107720

내 뜰 가득 숨탄것들

– 한 우리말 지킴이의 삶의 뒤안길 –

내 뜰 가득 숨탄것들— 한 우리말 지킴이의 삶의 뒤안길

초판 제1쇄 인쇄 2014. 9. 3.
초판 제1쇄 발행 2014. 9. 8.

지은이   문 영 이
펴낸이   김 경 희
펴낸곳   (주)지식산업사
　　　　　본사 ● 413-832, 경기도 파주시 광인사길 53
　　　　　　　　전화 (031) 955-4226~7 팩스 (031) 955-4228
　　　　　서울사무소 ● 110-040, 서울특별시 종로구 자하문로6길 18-7
　　　　　　　　전화 (02) 734-1978 팩스 (02) 720-7900
　　　　　한글문패 지식산업사
　　　　　영문문패 www.jisik.co.kr
　　　　　전자우편 jsp@jisik.co.kr
　　　　　등록번호 1-363
　　　　　등록날짜 1969. 5. 8.

책값은 뒤표지에 있습니다.

ⓒ 문영이, 2014
ISBN 978-89-423-7063-4 (03810)

이 책을 읽고 저자에게 문의하고자 하는 이는
지식산업사 전자우편으로 연락바랍니다.

내 뜰 가득 숨탄것들

— 한 우리말 지킴이의 삶의 뒤안길 —

문영이

지식산업사

책을 내면서

　요즘 시골에서 농사를 지어 마을 공동으로 파는 동네가 많습니다. 텔레비전에 나와 마을 자랑을 신나게 하다가도 말을 끝까지 다 잇지 못하고 손을 흔들고 마는 모습을 많이 봅니다. 그 막히는 말은 어김없이 중국글자말입니다. 가령 "민들레로 어떻게 만든 약이다." 하면 될 말을 한방에서 쓰는 '포공영'이란 약 이름을 대려고 '포공영'을 손바닥에 써왔지만 그 말에서 막힙니다. '오늘은 날이 흐려서 걱정이다.' 라고 할 말도 오늘은 날이 흐려서 '걱'까지 말하다가 깜짝 놀라서, 얼른 '우려된다'고 말을 바꿉니다만, '걱정이다'는 말이 배달말이고 바른말입니다.

　오늘은 동상면 '곶감 잔치 날입니다.'고 말하지 않고 '곶감 데이입니다.'라고 말합니다. 언제까지 '미국말, 중국글자말'을 따라가려 들면 우리 뒷뉘까지도 이런 고생을 하지 않을 수 없고, 우리 배달말은 죽고 맙니다.

　나라의 말 정책은 많이 배워 많이 아는 사람의 눈높이가 아니고, 모든 사람을 싸잡는 말이어야 합니다. 그래야 못 배운 사람도 알고 많이 배운 사람은 더욱더 잘 알 수 있습니다. 그런데 나라에서 중국글자말(한자말)을 앞세우다가 이제는 미국말까지 앞세워 그 말을 모르는 층은 늘 그 말을 따라가야지 하며 '열등의식'에 사로잡힙니다.

이제는 바깥나라말을 모르는 쪽이 아는 쪽을 부러워하며 따라가려 하지 말고, 모르는 쪽에서 거꾸로 중국글자말이나 미국말을 업신여겨야 할 일입니다. 한방에서야 어떻게 말하든 상관 말고 우리가 먹고 입고 자며 쓰는 말을 그대로 말하고 글로 적어야 옳다고 생각합니다.

중국글자말은 우리 조상이 중국글자를 빌려 썼기 때문에 더러 생겨나기도 했지만, 거의 일본이 배달말을 죽이려고 배달말을 중국글자말로 갈아치운 일본말입니다. 해방 뒤에 배달말을 찾아 쓰지 못하고, 일본말에서 일본 가나글자만 걷어냈으니, 일본 중국글자말과 일본 토씨까지 그대로 살아남았습니다.

"낱말의 갈래를 나눌 때 토씨(조사)란 씨(품사)가 있다. 이 토씨를 흔히들 생각하기에는, 알맹이가 있는 말(이름씨)에 붙어 다니는 그다지 중요하지 않은 말이라고 보는데, 이것은 아주 잘못이다. 띄어쓰기에서도 제 홀로는 자리 차지도 못하지만, 앞의 말과 뒷말의 관계를 나타내고, 붙여 써 놓은 그 말이 실제로 어떻게 쓰이는가를 보여주는 아주 중요한 말이다. 그래서 이 토씨는 배달말을 배달말답게 하는, 낱말에 생명을 불어넣는 노릇을 한다고 보아야 옳다. 토씨는 다른 말에 붙어 다니는 군더더기가 아니라 바로 배달말의 기둥이라고 할 수 있다. 토씨가 있어 배달말은 바로 선다. 다른 모든 말은 남의 나라 글자말로 바꿔 쓸 수 있지만, 토씨만은 우리 글자로 쓰지 않을 수 없는 까닭이 이렇다."고 이오덕 선생님은 말씀하셨습니다.

그런데 글자는 죄다 한글로 쓰지만, 아주 엉뚱한 일본 토씨가 그 꼴 그대로 괴상하게 쓰이고 있습니다. 바깥 토씨를 깔아준 바탕에서는 바깥말이 살기 좋습니다. 그러니 바깥말이 많이 섞여 겨레는 보아도 모르고 들어도 모르는 말이 되었습니다.

바깥나라말을 가려내는 지름길이 바깥 토씨부터 가려내는 일이라 생각하고, 제 글에서는 우리 토씨를 살려 쓰려고 애썼습니다만, 서툴러서 제가 글 본 삼았던 이오덕 선생님의 글을 제 글과 함께 여기에 싣습니다.

이 책을 보시면, 여러분들의 눈과 귀가 밝아져서 제 서툰 구석을 여러분들이 채워주시리라 믿습니다. 한국의 거리에서, 신문 방송에서 따돌림 받는 우리말의 서러움에서 벗어나려는 뜨거운 마음으로 이 책을 냅니다.

문영이

차 례

살아가는 이야기

내 뜰

새해 첫날이 저물 무렵이다. 불을 끄고 자리에 누웠으나 잠이 들지 않는다. 뜬금없이 사촌 동생의 활달한 말소리가 생생하다.

"성님―, 성님 나이에 '훈'*자가 들어갔수우―"

내 나이 설훈이 되던 해 나보다 네 살 아래 사촌 동생이 하는 전화였다. 나이 차가 많은 고모할머니 두 분이 만나면 '성님', '동상'으로 부르는 것을 동생과 나는 턱을 고이고 듣곤 했다. 이다음에 우리도 늙으면 '성님―동상'할 거냐고 꿈같이 부러워하던 시절이었다.

"언니는 이제 늙었다"고 동생은 익살스럽게 전화 내내 나를 '성님'이라 부르고, 나도 그를 인정해 '동상'이라 맞받으며 호호거렸지만 가슴 더럭한 일이었다.

그런데 가슴 더럭할 새도 없이 '훈'자도 '흔'자도 수십 년을 기울었다. 내 또래가 모이면 '우리가 살면 십 년을 살겠니, 이십 년을 살겠니?' 하고 푸념할 때에도 가슴으로 받아들이지 못하던 둔보가 이 밤 나이를 거꾸로 세고 있는 걸까?

어머니는 시곗바늘처럼 어김없이 조여드는 죽음 앞에 당신 방패막이 하나 없이 죽음과 맞서셨다. 오직 자식들 거두시기에 급급하시던 손에 물기도 닦지 못하신 채 자리에 누우셨던 우리 어머니. 나는 지극히 작은 내 일상 한 귀퉁이를 허물어 어머니께 바치지 못하다가 돌아가시고 나서 어머니 곁에서 사흘 밤을 보내면서, 살아계실 때 이렇게 어머니 곁에서 밤을 지켜 드렸으면 얼마나 좋아하셨을까? 이렇게 쉬운 일이 왜 그리 어려웠던지…….

"당신은 우리에게 당신을 다 주셨는데……"

'하늘을 우러러 우리 어머니 타고난 명을 다 사셨습니다.'고 떳떳이 말할 수 없는 죄 때문에 뒤늦게 늘 하던 삶 일(일상)조차 허물고 있었다. '어데 가서고 다시 한 번만 뵐 수 있다면……' 하고 한동안은 평지에 내딛는 발걸음도 휘청거렸다.

대전에 사는 동무 지숙이에게, 우리는 우리 아이들이 우리를 떠나보내고 마음이 쓰리지 않도록 우리 스스로 사자에게 내어 보일 방패를 만들자고 편지를 썼다.

"맨 먼저 죽은 뒤 넋이 머물 곳을 장만하자

좋은 경치 눈에 담뿍 담아 언제고 부르면 병풍으로 다가
서게 하자

좋은 노래 사귀어 귀에 담뿍 담자

좋은 글, 글씨로 도배해 놓자."

그러면, 이 뜰에 그 요정들이 차례로 나와서 춤을 추리라.

지숙아, 우리는 우리 남은 시간을 아껴 죽음의 문턱 안쪽
에 마지막에 거닐 '우리 뜰 한 칸을 장만하자.'고 편지를 끝
맺음했던 기억이 생생하게 다가온다.

여든이 다가오는 요즘에도 내 뜰을 가꾸며 죽는 날까지
'할 일이 있다'고 다독이며 잠을 청한다.

✽ 훈 자는 30에서 50까지를 아우르는 말로 지은이의 고향 전북 김제
에서는 서른을 설훈, 마흔을 마훈, 쉰을 쉬훈이라 한다.

소꿉 밥상

두 식구만 남고서 냄비들을 작은 걸로 바꾸었다. 아무리 작은 냄비를 써도 먹고 남지 않게 만들기란 어렵다. 꾀가 생겼다.

밥그릇 세 개가 들어갈 만한 압력솥에 겅그레를 놓고 그 밑에 물을 붓는다. 살짝 데칠 시금치는 겅그레 위에 펴놓고 불을 지펴 추가 움직일 만하면 불을 끄고 바로 꺼낸다. 취나물은 추가 움직이면 바로 불을 끄며 나물감만 꺼내면 빛깔이 곱다. 그리고 쌀이 불기를 바라고 한 끼 앞서 밥그릇 둘에 밥을 안쳐 놓았던 그 밥그릇을 그대로 솥에 넣고, 반찬 그릇으로 쓰일 밥그릇 하나가 더 놓인다. 어려서 본 까만 가마솥 밥에서 풍겨 나오던 온갖 반찬들이 빈 밥그릇 하나에 다 담긴다.

오늘 아침에는 밥그릇 하나로 두 사람 먹을 된장국이 모자란다 싶어, 대접에다 된장국을 안치고 국물은 먹을 양보다 모자란 듯싶게 잡았다. 빈 밥그릇에는 은행·밤을 통째 넣고 그 위에 국 대접을 올렸다. 덩치 큰 국 대접은 이 층에 올린 셈이다. 소꿉놀이 같다.

점심에는 두툼한 소고기 포를 아무 양념 없이 대접에 빼곡히 깔아 빈 밥그릇 위에 올렸다. 솥이 허전하다 싶어 밥그릇 사이에는 고구마·토란들을 씻어 껍질째 놓았다. 저녁밥은 두 사람이 먹을 찹쌀을 대접에 안쳤다.

저녁밥을 지으려 대접을 굽어보니, 물은 바닥에 조금 깔린 것뿐이다. 지난 동짓날 애벌 삶아 남겨 놓은 팥이 남았기에 소금 몇 발로 간을 맞추어서 밥그릇 둘에 나누어 담았다.

지난날 가마솥에서 밥을 풀 때 애호박 두 쪽을 꺼내 깍둑썰기를 하여 간장 간 맞추어 먹던 호박나물이 생각났다. 호박은 푹 익고, 호박 첨이 두툼해서 씹는 맛과 감칠맛이 있었다. 두 쪽으로 갈라 넣으면 밥 양이 적어 푹 익지 않을 것 같아 호박을 먼저 깍둑썰기를 해서 대접에 담았다. 달걀 두 개도 밥그릇 사이에 놓았다.

밥상에는 신건지 종발이 자리를 잡고, 날간장, 날된장, 날고추장이 들러리 서고, 김치 주발이 놓인다. 장에 양념을 해서 그 끼니를 넘기면 맛이 덜어지기 마련이다. 익힌 나물도 아무 양념을 하지 않은 채이다. 밥솥에서 밥과 반찬 그릇이 나오고, 달걀·밤·은행·고구마·토란 들이 나온다.

아침 국 대접에는 김이 내려앉아 모자란 듯했던 국물이 낙낙하게 고였다. 제물에서 생기는 국물 말고 김으로 생기는 국물을 받고 싶지 않은 국이나 찌갯거리 자반들을 익힐 때는 덮개를 덮어 익힌다. 그러려면 다른 때보다 불을 조금 더 지핀다.

점심때는 할랑하게 고인 국물에 기름기는 다 떨쳐버린 잘 익은 고기를 상추·깻잎으로 쌈 싸먹는다. 간장을 조금 찍어 고기 제맛만을 즐기는 맛도 좋고, 불에 쬔 멸치나 명태포를 고추장이나 간장에 찍는 맛도 좋다. 먹고 남은 고기 국물을 냉장고에 넣는다. 그 국물로 내일 아침 된장국을 끓인다.

저녁에는 찰밥이 시루에 찐 듯 쫀득하다. 옹골지다. 깍둑 썰기한 호박도 생각대로 잘 익어 물이 찰랑하다. 그 물 그대로 간장 넣고, 양념 넣어 무치니 많던 물은 양념과 섞여 알맞았다. 어려서 먹던 그 맛이다. 그 맛 따라 풋고추 범벅, 사르르 녹은 조기젓, 자반들이 잇따라 생각난다.

어려서 소꿉놀이는 어른 흉내 내는 재미가 있었고, 늙어 소꿉 밥상은 단란한 재미가 있다.

새색시 마음

집을 비우는 일이 잦다. 며느리를 들이고, 내 서툰 일솜씨 때문에 고생했던 때가 떠올라 며느리 살림을 거들고 싶었다.

곁님(남편)은 며느리 일까지 챙기는 꼴은 보기 싫었던지,

"며느리 살림 간섭하다가 고약한 시어미 되지 말고, 이젠 당신이 늙어서 할 일을 찾아봐."

하지만 머슴이 말미를 얻어도 소 곁에서 논다더니, 막상 찾을 내 일이 없었다.

곁님은 붓글씨를 써보라고 했다. 얼마 동안 서예실을 다녔지만, 지루하고, 솜씨도 없었다.

곁님의 '다 늙어 무슨 문학수업이냐?'는 한마디가, 나를 밖으로 내몬 일을 후회하나 싶어 우습다.

"여보, 나 새색시 마음 아니야."

하고 미안한 마음결에 말해놓고 '새색시 마음'이란 말에 생각이 멎었다.

장 단지 옹기종기 모인 장독대에 삶은 행주·칼도마·바가지들을 당글당글 하게 말려 걷어 들이던 마음,

큰아들은 순하니까 용감하기 바라는 마음 담아 날으는 독수리를 앞가슴에,

둘째는 야물어 뛰는 사슴을,

셋째는 '서양 코쟁이'라는 놀림을 누그러뜨리려 한국의 전통 완자무늬를 빛깔 살려 수놓은, 웃옷들을 털실로 떠서 입혀놓고 앞뒤로 쓰다듬으며 출근하는 곁님 입에서 칭찬 기다리는 마음,

한가위 앞서 갓 얇은 붉은 고추 따로 모아, 꽃구름 같은 실고추 가서 놓고, 참깨 껍질 벗겨 하얗게, 검은깨 볶아 통으로 곁들이던 마음,

가을 되면 한 해 먹을 참깨·들깨·콩·팥 팔아 씻어 널어놓고 따끈한 햇살 등에 받으며 젓는 마음,

피아노 소리 높낮이 따라 빛깔 다른 그림이 돋고, 바이올린의 현에 작은 새의 날갯짓처럼 가벼워지던 마음, 그런 마음들이 내 새색시 마음 아니었을까?

서툰 일솜씨로 온 하루를 일에 코 박아도 가르마가 타지지 않아, 언제 찾아도 그 자리에 있는 엄마고, 색시였다.

언제부턴가 나일론 바가지·행주가 나오고, 썰어 파는 고

기·생선으로 칼도마 쓸 일이 드물었다. 어느 사이 실고추 가시는 일도 멈췄다. 빨래기계와 냉장고가 집안에 들어오면서 내 마음이 거칠어졌다면 이상한 표현이 되나? 더 바빠진 마음이다.

일이야 하려 들면 언제라도 되찾을 수 있겠지만, 모처럼 듣는 노래에서 예전의 빛깔 있던 그림이 안 집히는 나를 느낄 때, 나는 내가 새색시 마음이 아님을 슬퍼한다.

문학관에 나오게 된 것도, 그때의 맑은 마음을 불러들이려는 바람이었을 거야…….

허술한 어미

셋째 아들이 초등학교에 들어갔다. 아들들 손발 씻는 일을 거들어 방에 들여보내고, 부엌에서 저녁을 짓는 참이다. 참새가 둥지에 들기 앞서 지저귀듯 아들들 이야기들이 넘친다.

"형, 형, 형아─, 우리 오늘 신체검사 했다! 근데 내 눈 한쪽은 1.5고 한쪽은 0.5다!" 하고 자랑하는 소리가 부엌까지 들린다. 깜짝 놀라 방문을 열고

"준아, 방금 뭐라고 했지?" 물어보니 형들한테 했던 이야기를 그대로 한다. 내 손바닥을 준이 앞에 내밀며

"여기에 글씨로 써봐." 했더니 손가락으로 1.5와 0.5를 똑똑히 쓰며,

"선생님이 이렇게 쓰시는 걸 봤는데?" 하며 왜냐는 듯 나를 빤히 바라본다.

'확실하구나!'

'이게 웬일일까?'

'어떻게 어미가 이것도 모르고 아이를 길러?'

다음 날 학교에서 돌아오기 무섭게 병원을 찾았다.

시력을 잴 때 나는 한 손을 준이 등에 대고 있었다. 한쪽 눈을 잴 때는 못 느꼈는데, 다른 쪽 눈을 잴 때 어깨를 살짝 트는 것을 느꼈다. 시력은 1.5, 0.5다. 의사는 "사팔눈인가?" 하고 준이를 빤히 바라보다가 그것도 아닌 것 같은 표정으로 어쨌든 안경을 씌워야 한다면서 안경 처방전을 주었다. 나는 그 원인을 꼭 알고 싶어 다른 병원엘 갔다. 거기서도 원인은 말하지 않고 안경 처방전을 주었다. 그런데 먼저 받은 처방전과 다르다. 익산·전주·대전. 병원마다 안경을 껴야 한다는 말은 같은데, 안경 처방전은 같은 것이 하나도 없었다.

마음은 점점 더 옹죄어 수소문하다가 서울 '공안과'에 갔다. 의사는 왼쪽 눈이 안쪽으로 살짝 기울었단다.

"어째서였을까요?" 다급하게 물었다.

타고나기도 하고, 물체를 볼 때 두 눈이 초점이 맞지 않아 그동안 한 눈으로만 물체를 보아 버릇해서 한쪽 눈 시력이 점점 조는 참이라 했다. 조금만 늦게 왔어도 한쪽 눈은 시력을 영 회복할 수 없을 뻔했다면서, 여섯 달마다 안경을 바꿔 끼고, 바꿔 끼고 해서 눈망울이 바른 위치에서 머물면 안경을 벗는다고 했다.

의사는 돋보기 너머로 준이를 빤히 바라보시며

"너는 평생 '어머니 고맙습니다. 고맙습니다.' 하면서 살아야 한다."고 다짐받듯 이야기하신다. 나나 준이가 못 알아듣는 것 같았던지,

"이런 눈일 때 병원을 찾는 어머니는 없어요. 꼭 시력을 다 잃은 뒤에야 오지."

'어미가 이렇게도 허술할 수가?'

안경을 낀 아들을 옆에 앉히고 기차에 몸을 짐 부리듯 하고, 준이 난 날부터 그럴만한 일들을 찾아본다. 형들 등쌀에 어미는 제 차지가 안 된다는 것을 알기나 한 듯, 갓 낳아서부터 애가 순해서 누워만 있었다. 창 쪽으로만 고개가 돌아가서 볼 때마다 고개를 돌려주고, 한쪽을 괴어주곤 했다. 그러면서도 눈 생각은 못 하고 뒤꼭지가 틀어질까만 걱정했다. 뒤통수가 죽은 데 없다고, 그것만 대견하게 생각했던 어미. 그 일이 걸린다.

집에 오자마자 준이 백날 사진부터 꺼내 봤다. 그렇다 하니까 그런 것 같기도 하고, 아닌 것 같기도 했다. 다음 날 사진을 모두 꺼내 봐도 긴가민가했다.

다행인 것은 준이는 고등학교 삼학년 때 안경을 벗어 어미 허물도 묻혔다.

허허한 마음

36년 만에 만나는 초등학교 동창 모임이었다. 마주 서서도 몰라보던 얼굴들이 이름과 살던 동네를 대니 요술같이 장난꾸러기들로 살아난다. 사람을 알아볼 때마다 말소리 웃음소리가 천장을 찌른다. 그런데 이름과 동네를 대어도 도무지 살아나지 않는 얼굴도 몇이 있다. 여기에 빠진 동무 이름을 서로 부르고, 소식을 아는 동무는 소식을 알려주고…… 소식조차 모르는 동무 이름을 같이 부르며 어려운 시국(6·25)을 잘 넘겼을까? 걱정이 앞선다.

모두 자리에 앉고 나서 '여기 가나히쇼후꾸가 있느냐'고 물었다. 그러자 내 자리에서 멀리 떨어진 곳에서

"'김창복?' 난데……"하며 일어서서 내 옆으로 오는 동무가 있다.

"무슨 일로요?"

그 동무도 나를 못 알아보는 눈치다.

"우리 삼학년 때 한 책상에 앉았지요?"

하자 내 옆에 스스럼없이 앉는다.

담임은 교장인 일본사람인데 작달막하고 다부진 얼굴이었다. 우리는 무서워 설설 기었다. 수업 태도가 나쁘다는 핑계로 오직 우리 반만 남자 여자를 한 책상에 앉히고 움쩍 못하게 잡도리했다.

"나는 동무 때문에 학교 다니기가 싫었어. 공부시간에 걸핏하면 연필심으로 꾹 찌르며 말 거는 바람에, 아파도 소리칠 수도 없고, 화낼 수도 없고"

하자 김창복은 바로 앉으며

"왜 그랬을까?"

저는 도무지 생각이 안 나는 일이라며, 초등학교 삼학년을 끝으로 학교를 못 다녔단다. 우리가 초등학교 사학년 때 해방이 되었으니 '가나이쇼후쿠'가 아닌 '김창복'이란 이름을 알 리가 없었구나!

지금은 어느 시 공동묘지 관리장으로 있는데, 괜찮은 직업이고, 자기가 못 배운 한으로 여섯 남매를 모두 대학원까지 가르쳤다는 이야기를 한다. 자기가 언제 한번 부를 테니 꼭 나와 달라는 부탁과 내 전화번호를 적고 제 자리로 갔다.

우리 때는 태어난 순서대로 이름을 불렀다. 남자 끝번인

안혁순이가

"죽음이 우리를 갈라놓을 때까지 동창회는 어김없이 해마다 합시다."

하며 돈 200만 원을 상 위에 내놓는다.

'나이 들면 아들딸한테 용돈 타 쓰는 친구도 생길 것이다.'며 '우리 다 같이 이 돈에다 나름대로 얼마씩을 보태어 씨 돈으로 삼고 동창회는 언제나 맨손으로 와서 먹고 즐기는 날로 하자.'고 했다.

잇따라 밀물처럼 밀려오는 말들에서 '직장에 다니는 사람과 형편이 좋은 사람은 30만 원 넘게, 다른 사람은 형편껏, 만원은 참여하는 뜻으로. 여자들한테선 돈은 한 푼도 안 받을 테니 빠지지 말고 나와만 달라.'를 추렸다.

한때는 내 출석 번호가 남녀 반반 80번 가까운 때도 있었지만 졸업한 여학생은 열두 사람뿐이다. 연락이 닿는 동무는 여섯 사람이다. 오늘은 겨우 네 사람이 모였다. 졸업명부를 놓고 와자하게 떠들며 정월 보름 걸립패 흥정하듯 '얼마를 적을라나'를 놓고 밀고 당기며 와실거리다가 적발하면서 덮어나갔다.

그리고는 말도 웃음도 목청껏 이다. 그야말로 기쁨의 도가니였다. 시간이 갈수록 담배 연기며 술기운이 돌아 더는 앉아 있기 거북했지만 간다고 이 분위기를 깰 수가 없었다.

〈오늘 여관에서 자는 동무들은 내일 아침밥은 우리 집에서〉라고 상 위에 덮인 종이 위에 글로 인사하고 조용히 빠져나왔다.

그리고 두 번째 동창회가 돌아오기 앞, 어느 날 밤 11시가 가까운데 전화가 온다. 자기는 전주에 사는 김창복의 아들이란다. 오늘 아버지가 갑자기 돌아가셨는데, 엄두가 안 나 아버지 수첩을 보니 이름과 전화번호 하나가 있더란다.

나는 아버지와 초등학교 동창이라고 밝히고, 동창회장 이름과 전화번호를 알려주며 거기에도 알리라고 일렀다.

전화기를 놓자, 터서 쩍쩍 갈라진 어릴 적 동무의 까만 손등이 떠오른다. 이제까지 한 번도 본 일이 없었던 듯이, 까맣게 잊었던 일이다.

'집안이 어려워 그 나이에 땔나무라도 했을까?'

'이름도 안내장도 없을 이 자리, 오기 어려웠을 터인데…… 학창이 얼마나 아쉬웠으면 삼십구 년이 지났는데도 찾을 생각을 버리지 않았을까?'

큰맘 먹고 찾아온 짝꿍에게 그런 말부터 들이댔으니…… 그것도 육학년인 우리 오빠더러 그 아이를 혼내주라고 학교에 갈 때마다 이르고, 오빠는 내 애틋한 부탁을 "응 혼내 줄게" 대답하고는, 한 번도 들어주지 않아 야속해서 기억에 남은 이름이다. 좋은 이야기가 아니어서 얼마나 허망했을까? 그 자리에선 무슨 말이나 웃음으로 녹아버릴 줄 알았는데, 그 동무의 "왜 그랬을까?"란 말이 앙금으로 남는다.

나를 돌아본다. 수더분하지는 못했으리. 동무의 까만 손이 내게 닿을세라 내가 먼저 몸 사렸나? 그랬다면 그 동무 마음이 얼마나 아팠을까? 다시 만나 그 맺힌 마음을 풀고 싶었나? 그 말을 듣고 "미안하다." 했더라면…… 그 동무가 다른 까닭을 대며 "미안했다." 했더라면 얼마나 좋았을까? 이제 영영 풀 길은 없다. 초상 마당 모닥불을 지키는 마음으로 오랫동안 혼자 앉아 있었다.

두 번째 동창모임에서 반장은 김창복의 아들 전화를 받고 '부의금 20만 원을 넣어 몇몇이 같이 조문했노라'는 알림말을 들으며, 이제야 인사 건넬 틈을 탄 듯

'동무야 잘 가…….' 하고 인사를 한다.

도라지 농사꾼

도시 길가에 엉덩이 붙일 곳만 있으면 농사지은 도라지 한 자루 풀어, 무더기무더기 갈라놓고 앉은 아낙네. 사 갈 사람은 쳐다보지도 않고 도라지 속살만 굽어보며, 도라지 껍질만 벗긴다. 이윽고 흙 묻은 도라지 무더기는 줄어들고 흰 살 도라지 전이 늘어난다.

나는 언제나 흙 묻은 도라지를 샀다. 농사꾼한테 사야 제 철에 캔 도라지를 살 수 있다. 막 캔 도라지는 껍질 벗기기도 수월하지만 오래 두고 먹을 수 있다. 집에 돌아와서 큰 함지박에 쏟아놓고, 도라지 장사꾼처럼 나도 도라지 전을 본다. 작고 뿌리가 오롯한 도라지 따로, 크고 잘생긴 도라지 따로 골라, 큰 것은 비닐봉지에 넣어 냉장고 나물 상자에 담아 놓거나, 꽃밭 어느 구석에 깊숙이 묻어 둔다. 나머지는 그릇째 들고 나가 물에 휘둘러 흙을 털어내고, 크고 작고를 가리지 않고, 잔뿌리까지 작은 칼로, 칼날을 곧추세워(칼날을 뉘면 도라지 살을 베니까) 미끄러지듯 빨리 도라지 뿌리 거죽을 타고 내리며 도라지 거죽을 고루 긁는다. 그걸 물에서 박박 문질러 두세 번 헹구면 다 속살을 드러낸다. 껍질 조각이 남았는지 낱낱이 살피고, 물에 한 번 헹구면 도라지 손질 끝이다.

도라지가 생생할 때는 통째로 초장에 찍어 먹거나, 잘게 갈라 초절임하거나 볶아 먹는다. 껍질 벗긴 도라지를 냉장고에 넣어 두고 물기가 조금 덜어졌을 때 방망이로 자근거리면 더덕처럼 잘 펴진다. 무쳐 먹기도 하지만 번철 구이를 하면 더덕구이 못지않다. 이렇게 도라지는 물에 우려내지 않고 바로 먹을 때 조청 양념을 조금 하면 쓴맛도 가시고 단맛도 세지 않으면서 자르르 윤이 난다. 어쩌다 벗겨놓은 도라지를 사 먹으면 도라지에서 물 내가 난다.

골라 놓은 작은 도라지는 꽃밭에 몇 개 심고, 나머지는 텃밭에 심었다. 다음 해에 꽃이 피고 씨를 맺었다. 해마다 봄이 오면 씨를 뿌려보지만 도라지 싹을 한 번도 보지 못했다. 그러기를 몇 해, 어느 해 싹이 제법 몇 골 올라와서 좋아서 굽어보다가, 며칠 사이에 도라지 싹은 풀에 파묻혀 버렸다. 살살 풀을 뽑아주고 며칠 뒤에 보니 도라지 싹도 다 죽고 말았다.

시골 여기저기에 도라지밭이 보이는 것으로 봐 그리 어렵지 않은 농사인 듯한데…… 이 책 저 책을 기웃거려도 기르는 법은 없고,

"초롱꽃과의 여러해살이풀로 한약방에서는 도라지 뿌리를 '길경'이라 하고, 기침을 멎게 하는 약으로 쓴다. 꽃말은 변치 않는 사랑, 성실, 유순이다."

라고 쓰여 있다.

어느 해는 씨가 많아 곁님 힘까지 빌려 흙을 떡가루 주무르듯 하고 있었다. 지나가는 할아버지가

"무엇을 심으려고 그렇게 공을 들이시오?" 한다.

"도라지 씨를 뿌리려고요."

"아이고, 너무 늦었다. 도라지 씨는 가을에 뿌리든가, 이른 봄 서리가 오다 말다 하는 철에 뿌려야 잘 나고, 잡풀을 이기고 클 수가 있어요. 흙을 이렇게 손질해서 발로 밟든가 로라로 밀든가 해서 곱게 다독여 놓고, 그 위에 씨를 뿌리고, 흙은 덮지 말고 왕겨로 살짝 가려만 주세요." 한다.

우리는 그 말을 잘 모셨다가 다음 해에 그대로 씨를 뿌렸다. 정말 싹이 하늘에 별 백이듯 잘 났다. 하나둘 솟는 풀싹은 솟는 족족 뽑아주었더니 푸른 도라지밭이 됐다. 그동안 그걸 모르고 봄 늦게 씨를 뿌렸으니…… 도라지 씨가 밑으로 뿌리내릴 틈이 없어, 싹을 뽑아 올리기도 어렵고, 싹이 나도 풀싹이 자라는 빠르기를 따라갈 수가 없었구나!

그해 여름부터 우리 밭에는 하얀빛, 오동보라빛 꽃이 흐드
러졌다.

　도라지꽃은 한 뿌리에서 한 대나 여러 대가 올라오면서
잔가지를 많이 내며, 가지 끝마다 방울처럼 둥글게 꽃을 맺
는다. 차례대로 꽃이 부풀어 올라오다가 어느 날, 꽃망울 윗
부분만 다섯 갈래로 갈라진 통꽃이, 뒤로 조금 젖혀 종 모양
을 이룬다. 어쩌다 꽃망울 하나가 발에 밟히면 '펑' 소리가
커서 "아파!" 하고 외치는 소린 듯 깜짝 놀란다.

　"도라지는 땅의 진기를 많이 빨아들이는 나무새라 한 자
리에서 네 해까지만 키우고, 자리를 옮겨줘야 한다."는 떠도
는 말대로 옮겨심기를 해보는데 뿌리 길이만큼 땅을 파고,
뿌리를 곧추세우기란 여간 어려운 게 아니다. 요즈음은 그
대로 두고 골라 먹는다.

　시장에서 도라지 뿌리는 아무 때나 볼 수 있지만, 이른 가
을(한가위 무렵)이 도라지 뿌리를 캐는 철이다. 그때를 놓
치면 다시 새순이 올라오고, 그 순은 겨울을 맞아 얼어 죽는
헛 순이다. 헛 순을 내느라고 진기를 빼앗긴다. 또 캐지 않
고 그대로 두면 이른 봄에 순이 올라오는 까닭에 튼실한 뿌
리를 먹으려면, 제철에 캐서 땅속 깊이 묻어둔다. 그렇게 우
리 안팎은 도라지 농사꾼이 되어갔다.

　우리 집 꽃밭 나무 사이에서 해맑고, 아담한 도라지꽃을
볼 때마다 상큼한 새소리 솔바람 소리까지 느꼈다. 그런 어

느 해부턴가는 기름 타는 냄새 북적대는 사람 냄새에도 저
리도 예쁜 맵시로, 하늘을 우러러보는 모습도 아니고, 땅
을 내려다보는 모양도 아닌, 그저 먼 곳을 넘겨다보는 듯한
그 눈길.

앞이 탁 트여 지평선이 보이는 곳도 아닌데……

한결같은 저 예쁜 맵시는 '새소리 솔바람 소리를 부르고'
가 아니고 '새소리 솔바람을 그리워하는 나팔귀로구나' 하고
애틋한 마음이 든다.

내게 도라지꽃 마음이 보이는 건가?

내 나이 탓인가?

장난감 이야기

우리는 산골 둘째 시숙 집에 짐을 풀었다. 친정 할머니보다 더 늙으신 시어머님과 시숙 내외는 어린 조카딸 둘을 두셨다. 말을 붙여 볼 상대는 어린 조카 둘뿐이었다. 얼마 있다가 내 몸이 달라져 마음이 놓이지 않고 애가 타는데 가까운 동서한테도 입을 뗄 주변머리가 없었다. 배 속의 아이는 자라는데 나는 아이를 언제 낳을지를 모르고…… 곁님에게 물어보니

"아주 까막눈인 여자도 제 애 낳을 날을 알던데……"

하며 오히려 딱하다는 눈치다. 할 수 없이 '아이가 언제 태어나는지부터 아이 기르는 법까지'란 책이 있을 것이라고 그런 책을 사달라고 졸랐다.

곁님 또한 책방에 들어가 그런 책을 찾을 비위가 없었던

지 들어올 때마다 빈손이었다. 이제 피할 수 없이 배는 불러 오는데, 내 불안은 점점 더 커갔다. 곁님의 빈손을 볼 때면 아무 말 못 하고 쏟아지는 눈물 주체를 못했다. 하루는 곁님 도 더 물러설 곳이 없었던지 《아이를 잘 기르는 법》이란 책 한 권을 사왔다.

나는 먼저 '출산 날 계산법'부터 찾았다.

"마지막 달거리가 시작한 날부터"란 말과 "반드시 아이는 엄마 뱃속에서 280날을 자란다."는 말과 동떨어짐을 아무리 살펴도 아우를 수가 없었다. 읽고 또 읽는 동안, 혼인날부터 280날을 세는 것이 가장 알맞을 답이라 생각했다.

팔월 보름을 손꼽으며 마음 놓고 살았다. 그런데 이게 웬 일인가? 칠월 스무닷새날 아침을 잘 먹고 설거지를 하는데 몸에 이상한 기미가 나타났다. 형님은

"꼭 어린애를 낳을 징존데…… 예정 날이 8월 보름이라니 우길 수도 없고"

하시며 얼른 병원에 가자고 동네 앞을 지나는 시내버스를 세웠다. 차에는 곁님과 둘만 탔다. 차를 타자마자 진통이 왔 다. 차 안에 앉은 사람들을 둘러보니 숨도 못 쉬겠다.

'이렇게 아프면 죽는 수밖에 없을 것'이란 생각밖에…… 빨리 죽기를 바라며, 있는 힘을 다 주어 눈을 꼭 감았다.

차는 이십 리를 달려 차부에 닿았다. 고모에게 산부인과 안내를 받자고 고모네 집에 먼저 들렀다. 지금 생각하면 상

식을 벗어난 얼간이 짓인데, 그때는 생각이 거기까지밖에 못 미쳤다. 고모는 그 몸으로는 병원까지 못 간다고 의사를 불렀다. 의사가 아이 머리가 보인다고 하자 고모는 그냥 이 방에서 아이를 받겠다고 하시며 옆집 아주머니를 불러 도움을 청하고, 부산스러웠다. 점심 앞서 아이를 낳았다. 의사는 아이를 받고 '예정일을 어떻게 잡았느냐?' 하고 마지막 달거리 날을 묻더니

"아이는 지극히 제 날을 잘 찾아왔습니다."

하고 떠났다. 고모는

"새 없이 애가 들어섰다."

고 알 수 없는 말을 하셨다.

딸만 다섯을 둔 고모는 우리 방에서 아들 울음소리를 들었다고 마치 잔칫집 같았다.

새해가 밝자 우리는 방 한 칸을 얻어 신접살림을 꾸렸다. 아직 걷지도 못하는 어린 아들은 한사코 밖에 나가자고 보챈다. 그러면 나는 아이를 업고 거리로 나가 어정거리는 시간이 길고 따분했다. 아이에게는 장난감을 주어 '제 깜냥 머리를 많이 쓰게 하는 일이 아이 머리를 좋게 하는 길'이라고 책은 내게 알려주었지만 두량머리가 바로 서지 않았다. 다만, '아이가 할 수 있는 일을 찾아보자'는 생각으로 빛깔 고운 천을 골라 그 속에 보리를 넣고 작은 공깃돌을 여럿 만들어 주기도 하고, 굵은 콩 한 되쯤 바구니에 담아 아이 앞에

놓아주면 그걸로 모았다, 흩었다, 얼마 동안 잘 논다. 콩에 싫증 내면 이번에는 붉은 팥을 내민다. 그래도 그것이 아이를 오랫동안 묶어놓을 거리는 못 되었다.

아이를 업고 상점이 있는 곳을 무턱대고 돌아다니다가 나무 파는 집에 닿았다. 한참을 처다보다가 네 면이 4센티미터쯤으로 보이는 긴 모나무를 사서 반들반들하게 대패질해 왔다. 여섯 면이 똑같게, 두 배 늘리기도, 세모꼴, 사다리꼴 들들을 여러 개 만들었다. 톱 자국을 모래종이로 몇 날 동안 다듬었다. 모두 세 무더기로 똑같게 나누어 놓고, 어려서 본 대로 솥에 물을 붓고 물감을 풀고 소금 한 주먹 넣고 오래 끓였다. 노란, 빨간, 파란빛이 곱다. 보암직한 꽃 소쿠리에 담아 아이 앞에 놓아주었다.

아이는 참말로 할 일이 생겼다. 제 딴엔 어떤 가름을 열심히 한다. 차츰 탑도 쌓았다. 길게 줄을 세워 흩어지지 않게 엎드려 밀고 다니는 것은 기차놀이인가 보다. 그 옆에서 나는 집 짓고, 그러면서 동생이 하나둘 생겼다. 아들 셋은 날마다 새로운 집이고, 탑이고 잔뜩 만들어 댔다. 기차도 길었다 짧았다. 기차에 싣는 짐도 많이 싣다가 적게 싣다가 어느덧 장난감 모서리가 매끄럽게 달아갔다. 그래도 고운 때만 끼었지, 빛깔이 변하진 않았다. 아이들이 크니까 소쿠리째 들고 나가 동네 아이들과 가지고 놀았다. 돌아올 때 장난감 소쿠리 챙겨오는 것을 잊지 않더니, 어느 날은 빈손으로 돌아왔다. 소쿠리째 누가 들어가 버렸단다.

아이뿐 아니라 어미인 나도 눈에 밟혔지만 더는 만들지 못했다. 큰아이가 소꿉놀이에서 벗어날 나이라 동생 둘은 형을 쫓아다니기 바빠서 큰아이 때처럼 그렇게 장난감이 절실하지 않아서였으리라.

요즈음은 어엿한 장난감 상점이 많고 눈부시다. 그런 장난감 상점 앞을 휙 지나치지 못한다. 울긋불긋 알록달록, 번쩍번쩍 새로 나오는 딱딱한 장난감을 손바닥에 놓고 무게를 가늠하며 아이들이 놀다가 그걸로 쥐어박기라도 할라치면, 흉기도 되겠구나 하는 걱정이 앞선다.

독일에서 사는 동생 집에 갔을 때도 장난감 가게 앞에서 발길이 멎었다. 뭐든지 손에 잡히면 입으로 가는 어린아이들 장난감은 아무 빛깔도 칠하지 않은 깨끗한 나무로 밋밋한 모양이 많고 값도 비쌌다. 그래야 아이들 손맛도 좋고, 입에 넣어도 몸에 들어갈 화학 성분이 없어 해롭지 않다고 했다. 그 많은 장난감 앞에서 문득 내가 만든 장난감이 떠올랐다.

그게 어느 때 일이라고…….

숨탄것들

 우리 집이 생기면서 호박 한 북 놓고 호박 덩굴 때문에 곁
님하고 실랑이를 벌였다. 연탄 창고 지붕을 벗어나지 않게
단속하다가, 슬래브 지붕으로 바뀌고는 꽃밭 귀퉁이에 호박
두어 북 놓고, 꽃밭에는 뿌리만 묻혔을 뿐 얼씬도 못 하게
하고, 덩굴은 모두 지붕에 올렸다. 텃밭을 가꾸면서도 당신
이 가꾸는 나무에 호박 덩굴이 오를세라 한사코 말린다. 그
대답으로 나는 밭에 나가면 맨 먼저 호박 덩굴이 울타리에
서 벗어나지 않았는지부터 살폈다.
 울타리에서 벗어나는 족족 울타리에 도로 내려놓고, 끌어
내릴 수 없는 덩굴은 낫으로 쳐서 끌어내렸다. 그렇게 곁님
시집살이를 하며 호박을 놓는 뜻은 꽃망울이 맺힐 때부터
개구리참외처럼 푸른빛을 띠는, 어려서 보던 동글동글한 호

박 모습이 좋기도 하거니와, 거기에 내 주먹만만 하면 곱게 가셔 바닥이 오목한 냄비에 풋고추와 새우젓이 풀릴 만큼만 물을 붓고, 지켜 서서 호박 채를 넣고, 뚜껑은 잠깐 덮는 시늉만 하고는 수저로 달싹거리며 센 불에서 고루 익혀, 파 마늘을 뿌리며 뚜껑은 열어놓은 채 불에서 내려놓으면, 제 물에서 익은 호박나물 빛이 곱고 달다. 또 밥상에 푸른빛이 없을 때 호박잎 몇 잎 데쳐놓으면 밥상이 밝다.

겯님은 장에는 애호박이 없느냐고 핀잔이지만, 장에 나오는 애호박은 빛깔부터 틀리고, 거의 개량종 마디호박으로 내가 찾는 호박 빛도 맛도 아니다. 어쩌다 시골 아낙이 가지고 나오는 토종 호박도 푸른빛이 귀하고, 한 끼니 먹기엔 너무 크다. 바로 딴 호박이 아니어서 맛도 아니지만 가장 큰 재미는 손쉽기 때문이다.

밭에 나가 호박 덩굴을 단속하고 온 열흘 뒤다. 동생이 말랑하게 익은 연감을 따려고 긴 사다리를 놓고 올라가더니

"누님 이것 좀 보세요! 줄기가 끊겨 있는데 허공에서 뿌리 없는 줄기에 호박잎이 이렇게 싱싱해요."

하며 호박 줄기 두어 발에 호박 두 덩이가 달린 것을 조심스럽게 두 손으로 받쳐 내 앞에 내려놓는다.

싱싱한 호박잎 사이로 어린 호박은 몰골사납게 쭈그러들었고, 조금 큰 호박은 조그만 골이 졌을 뿐 생기가 있다. 대체 열흘 동안 무엇을 먹고 호박잎이 이리도 싱싱하냐? 아무

리 생각해도 풀 수 없는 수수께끼다. 찬물이라도 둘러쓴 듯 싸한 마음으로 내려다본다.

'어린 호박 두 덩이를 달고 눈 감을 수 없어서 밤에는 이슬을 양껏 들이마시고, 낮에는 햇볕을 한껏 글어 모아도 두 새끼를 키울 수가 없어, 어린 새끼에게는 젖줄을 끊고, 큰 새끼에게만 젖을 주며 씨를 익히는 참이었구나!'

새삼 호박 줄기의 씨앗 사랑이 뭉클하다.

바다에서 고래 사냥 하는 어느 고기 잡는 이는 작살 맞은 어미 고래가 숨이 다할 때까지 새끼 먹으라고 뿌연 젖을 분수처럼 품어내는 것을 보면 "마음이 지랄 같다"고 하던 말이 이 마음이었구나.

언젠가 연한 마늘종 한 줌 뽑아다 놓고 잊고 있다가 보니 줄기는 바짝 말라 있고, 줄기 끝에 시늉으로만 맺혔던 씨는 또랑또랑 여물었다. 제 몸의 양분을 아낌없이 씨에게 다 바쳤다. 가을바람이 불면 서둘러 매운맛부터 내며 씨를 익히는 고추도 어미가 씨를 지키는 한 수단이리라. 그 늦사리는 통고추로 두었다가 다음 해 여름 갈아서 열무김치 담그는 데 섞으면 맛이 칼칼하다.

이렇듯 온 누리는 보이지 않는 제 씨앗 사랑으로 꽉 짜여 있어, 그 힘으로 모든 숨탄것들이 살아가지만, 식물이나 동물에게서 애틋한 그 속내가 보일 때, 마음대로 심고 마음대로 쳐내는 사람이란 교만도 고개 숙는다.

비는 마음

큰 아이 '부살타구'*가 조용하다. 이마를 짚어보니 펄펄 끓는다. 병원에 갈까 망설이다가 해가 졌다.

곁님은 부살타구를 안고

"이 애가 열이 있네? 병원에 갔어?"

아니라는 대답에

"아니! 통이 얼마나 크면 이런 아이를 병원에도 안 데려갔는지 모르겠어."

하며 어찌할 줄을 모른다.

콩알만큼 졸아든 내 속내 감추고, 아이에게 '엄마 손은 약손이다.'라는 말을 하며 머리에 손을 갈아대는 사이 열에 들떴는데도 아이는 잠이 들었다. 아이가 잠자면서 숨은 고르게 쉬는지, 손발은 어떻게 몇 번 움직이는지 밤새 지키면서 할머니와 어머니를 떠올렸다.

머리가 자주 아팠던 내게 할머니는 되에 붉은 팥을 수북하게 올려 보자기로 감싸 틀어잡고 이마에 대고

"세상일을 두루 살피시는 잠밥각시를 찾은 뜻은, 해동조선 전라북도 김제군 공덕면 제말리 문 씨 집안 일곱 살짜리 딸이 머리가 아픈 것은, 정녕코 잠밥각시 네 소행일 터. 이 집안은 누운 나무도 세우고, 세운 나무도 뉘는 집안이다…… 썩 물러가거라. 만일 그렇지 않으면 큰 칼로 목을 쳐 한강에 던져지면, 네가 이 세상에 생겨난 보람이 없으렷다."

고 엄포를 하신다. 팥 주머니를 이리저리 옮겨 댈 때마다 새로 닿는 팥 보자기가 시원했다. 엄포가 끝나면 엄지와 집게손가락으로 이마의 솜털을 잡고 하나 하며 솜털을 뽑는 시늉을 하고, 둘 하고 또, 셋 하고 또 하고…… 스물여덟에서 수 세기는 끝나고 솜털을 뽑는 손가락과 말에 힘이 세게 들어가면서 "쩨!" 하면 잠밥 먹이기는 끝난다. 마지막 솜털 뽑힌 자욱이 워럭워럭 아픈 것이 오히려 시원했다.

할머니는 잠밥각시가 '팥을 한 움큼 퍼서 도망갔다'고 팥 뭉치를 보이며 웃으셨다. 할머니 웃음이 약인 듯 그제야 스르르 잠이 오고 잠에서 깨어나면 머리 아픈 것은 씻은 듯 나았다.

할머니는 초하루와 보름에는 절에 가셔서 정성으로 절을 올리고, 어머니는 아침마다 첫 두레박 물을 조왕신께 바쳤

다. 아이를 낳으면 떡과 미역국·밥·맑은 물을 놓고 삼신할머니께 빌었다.

　어릴 적 '명 든 데가 없다'고 어른들 걱정을 사던 내가 탈 없이 팔십을 바라보는 것도, 그분들의 비는 마음 덕택을 빼놓을 수 없다.

　❋ 부살타구: 부지런히 움직이는 모습의 아이를 일컫는 애칭

오빠의 흥학회

세 살 위인 오빠는 '흥학회' 회원이었다. 흥학회는 열 사람이 모여 달마다 문학, 철학, 정치, 경제, 시사 들의 책 몇 권씩을 사서 그달 안으로 모든 회원이 돌려가며 읽는 모임이었다. 달마다 그믐 가까운 일요일에는 회원이 모여 읽은 책 이야기를 나누고, 새로 살 책을 의논했다. 흥학회는 중학교 이학년 때부터 중학교 육학년, 육이오 사변으로 회원이 흩어지기 앞까지 이어졌다.

오빠는 밥을 먹을 때도 뒷간에 갈 때도 손에서 책을 놓지 않았다. 그런 오빠가 나는 자랑스러웠다.

이차대전이 끝나면서 일제의 탄압에서 벗어난 우리 문학 작품들이 포문 열린 듯 쏟아졌고, 온 누리 책도 봇물처럼 밀려들었다. 그런 많은 책을 두루 읽는 오빠는 내게 눈이 되고

귀가 되었다. 오빠가 좋은 것이라면 나도 덩달아 좋아했고 나쁘다면 싫어졌다.

저때는 전기 사정이 나빴다. 정전이 되면 책을 덮고, 흐릿한 등잔 밑에서 두 삼촌과 나누는 '얄타회담'은 어떻고 '포츠담 의정서'는 어떻다는 이야기 시간에 나도 낄 수 있었다.

일본은 1945년 8월 10일 밤에 포츠담선언에서 항복 수락을 결정하고, 9월 2일에 미주리호에서 항복문서에 조인했다는 이야기에서

"배에서 이루어진 이야기까지 어떻게 해서 세상에 알려졌느냐?"고 내가 묻자 오빠는 "그게 다 기자들이 하는 일이다."는 말에서, 나는 의사가 되겠다는 결심을 접고 기자가 되기로 마음을 바꿨다. 기자가 되려면 '백 가지 사람의 말을 알아들을 수 있어야 한다.'는 오빠의 주문에 그렇게 가꿔나가리라고 다짐했다.

1950년 봄 새 학기가 되자, 1951년부터 6년제 중학교 학제가 중 고등학교로 나뉜다고 했다. 우리 학년이 그 첫 번 고등학교 입학시험을 치를 차례였다. 오빠는 아버지와 긴긴 토론 끝에 고려대학 철학과에 지원하기로 뜻을 세웠다.

"우리는 어디에서든지 하숙하고 학교에 다녀야 하니까 너도 서울에 있는 고등학교로 가자"고 오빠는 말했다. 뛸 듯이 기뻤다. 어느 학교에 갈까 저울질하며 처음으로 참고서를 사들였다. 참고서에서 잉크냄새가 채 가시지도 않아서 육이

오 사변이 일어났다. 금세 전쟁 이야기로 온통 들끓었다. 처음엔 남의 이야기이던 것이 큰삼촌이 학병으로 집을 떠나고, 이어 파도에 휩쓸린 듯 오빠는 간 곳이 없자 전쟁도 우리 집 이야기가 됐다.

서둘러 가을걷이를 끝낸 아버지는

"의정부 수용소에 가면 그놈이 있으려나…… 찾을만한 곳은 거기 한 군데뿐인데"

하는 말씀을 남기고, 길을 나섰다가 교통사고로 돌아오시지 못하셨다. 평화롭던 우리 집은 울음에 쌓였다.

나는 아무 데서고 고등학교 시험을 치르지 않으리라 마음먹었다.

"애비가 있었으면 대학교까지 보낼 텐데, 애비가 그렇게 이뻐하던 딸, 고등학교도 안 보내고, 내가 저승에 가서 네 애비 얼굴을 어찌 보랴."

하시는 할머니 성화로 고등학교에 갔다. 혼자서는 아무 일도 할 수 없는 사람이 되어 이렇게 세월에 떠밀렸다.

나는 때때로 나를 삶 안에 우두커니 세워둔 채로, 지나온 길을 따라 찬찬히 걸어가 보곤 한다. 맞닿는 곳은 사변이 나기 앞 우리들 공부방이다. 많은 책들에서 날개가 돋아, 어느 세상으로든 날아가곤 했다.

내 아이들이 하나둘 둥지를 떠나고서야 나는 이십 명이 넘는 고등학교 동문회에 나갈 수 있었다. 동문회 모임에서는 밥값을 아껴 달마다 책 두 권씩을 사서 돌려가며 읽기로 했다. 나는 그 모진 세월을 빠져나오면서도 오빠의 '홍학회' 같은 책 동아리를 갖고 싶은 마음 한 자락을 꼭 쥐고 있었나 보다.

즐거운 마음으로 그 일을 맡아 홍학회 도장을 본떠 엄지와 검지를 맞댄 크기의 둥근 도장도 새겼다. 도장에는 교지 이름인 '지원'을 새기고 접수 번호와 사온 해, 달, 날도 곁들였다.

그 도장이 백사십 권쯤 찍혀 나가다가 《지원》은 끊겼다. 호응하는 인원이 반수에 못 미쳤고, 한 달에 한 번 모여서는 책을 바꿔보고, 받아들이는 일이 힘들었기 때문이었다. 게다가 나는 암 선고를 받았다. 동문회에서는 그 일을 이어받지 않고 끝을 내기로 하고 책은 학교 도서관에 보내고 말았다.

지금은 '공공 도서관'이나, '책마을' 들에서 손쉽게 책을 빌려볼 수 있는 세상이다.

하지만 책 동아리들을 그리는 내 정에는 나이가 없나 보다.

1951년 6월 어느 날 세 사람이 나눈 이야기

현이와 나는 만경강 다리를 건너야 집에 간다. 홍이와 현이와 나는 우리나라 첫 고등학교 입학시험을 치르고 고등학생이 되었다. 현이는 아버지 소식을 모르고, 나는 아버지와 오빠가 이승에 계신지 저승에 계신지를 몰랐다. 홍이는 우리를 위로하고 싶어 만경강 다리를 건너 강둑까지 따라왔다. 셋은 봇둑에 주저앉았다. 홍이의 어떠한 재담으로도 가라앉은 우리 기운을 돋울 수는 없었다.

홍이는 우리 셋이 각각 이 세상에서 제일 좋은 글자 한 자씩을 고르자고 했다. 그러면서 걔가 먼저

"나는 '쇠 철(鐵)' 자다."

하고 '철' 자를 썼다. 어떤 어려움에도 뜻을 굽히지 않겠다는 마음의 준비이고, 벗을 향한 마음도 변하지 않겠다는 다짐이라 했다.

현이는 '하늘 소(霄)' 자를 썼다. '소' 자는 하늘의 구름이나 진눈깨비를 가리키지만 그것은 언제고 걷히고야 만다. '소' 자 뒤에는 밝고 따뜻한 해님이 계시다고 글자 풀이를 했다. 나는 '하늘 소' 자를 그때 처음 알았다.

그때만 해도 만경강 둑 안은 갈밭뿐이었다. 질로 자란* 갈대는 강바람을 타고 어깨동무하고 출렁인다. 눈길을 멀리 두면 연둣빛이다가, 가운데에 두면 은회빛 푸름이다가, 가깝게 두면 진 푸름의 여러 모습을 자랑하고, 작은 새들은 모습은 드러내지 않고 포르르포르르 날갯짓 소리를 내며 지저귀고 있었다. 푸른빛에 이렇게 아름다운 여러 얼굴이 있었구나……, 어처구니없는 세상 변화에도 이렇게 아름다움이 그대로라니…….

변하지 않기로야 지구가 멸망하는 날까지 이 '푸른빛'은 변하지 않을 거란 생각을 하며 '푸를 취(翠)' 자를 썼다.

홍이는 좋아라, 내 손과 현이 손을 끌어다가 제 손바닥에 올려놓고

"우리는 약한 마음 먹지 않기! 우리 뜻은 절대 굽히지 않기다."

고 굳은 맹서이듯 힘주어 말했다.

홍이는 우리 셋이 힘을 합치면 안 뚫리는 길이 없을 것이며, 대학에 진학 못 할 일은 없을 것이란 장담도 치고, 허세도 부렸다.

마침 물이 빠지는 때였던지, 재첩 잡는 사람들, 가리*를 들고 고기 쫓는 사람들, 이야기 소리, 웃음소리가 뭉뚱그려 하나로 멀리서 바람에 실려 오고, 때때로 "참게 잡았다!"는 외침도 들렸다. 하늘은 티 없이 맑았다.

그러나 축 가라앉은 앙장*마냥 내 마음은 떠오를 줄을 몰랐다.

✱ 질로 자란: 사람 키만큼 자란

✱ 앙장: 상여 위에 치는 휘장(포장).

✱ 가리: 대나무를 굵직하게 갈라 둥글게 엮어 윗부분은 좁고 밑은 넓게 엮어 고기를 가두어 잡는 도구

여름지이*

열아홉 살부터 집을 떠나 살던 둘째가 우리 곁에서 한 열흘 있겠단다. 싱싱한 푸성귀를 밥상에 올리는 재미로, 날마다 텃밭으로 달음질쳤다. 그런 나를 보다가

"어머니 밭농사는 너무 힘들어요."

하더니 스티로폼 상자 열두 개에 흙을 담아 슬래브 지붕에 올려놓고,

"어머니 이제부터 여기서 농사지으세요." 한다.

"야야 무슨 맛으로 거기다가 농사냐."

하고 몇 해 동안 버려두었다.

슬래브 지붕 한 귀퉁이에서 저절로 철 따라 풀이 자라고 시들고 했다.

올 이른 봄, 스티로폼 상자에 눈길이 간다. 두엄을 한 부

대 샀다. 상자 흙을 쏟고 두엄을 섞고 다시 비닐 깔고, 미나리 뿌리를 놓았다. 이어 상추 두 상자, 아욱 두 상자, 쑥갓한 상자, 부추 두 상자, 들깨 두 상자, 한 상자는 토란 한 뿌리가 차지했다. 가짓빛 토란 대가 곱기도 하지만 어떻게 가꾸면 옆 순 없이 토란이 토실할까 하는 궁리는 공부하는 이의 몫이다.

씨앗 하나가 뿌리 내리고 잎 피우기는 송곳 하나 꽂을 만한 작은 흙이다. 씨앗들이 활개 펼 수 있게 자리를 넓혀 주는 재미가 있다. 밥상엔 이것들이 빛을 낸다.

"아들이 앞을 내다보았구나!"

유월로 접어드니 봄내 가장 잎을 많이 피우던 상추가 쇠었다. 상추 대를 다 뽑아 잎이 달린 채 상추 대궁을 자근자근 방망이질해서 김치를 담갔다. 뒷맛이 개운하다. 철을 찾는 상추씨라 냉동실에 며칠 넣었다가 뿌렸더니, 겨울 지나고 새 봄 온 줄 안다. 이어 쑥갓 씨도, 들깨도 다시 뿌렸다. 아욱 상자에는 들깨 모종을 옮겼다. 그러는 사이 철 따라 나는 풀도 다 제철을 찾아 어울림이, 기특해서 얼른 뽑아내지 못하고 망설이는 틈에, 곰보배추는 부추밭에서 일어서고, 까마중 까만 열매는 날 소녀로 이끈다. 들깨는 잎을 먹으려 했더니 두세 뼘 키로도 기어이 '제구실'을 하겠다고 서둘러 씨를 맺었다.

어느덧 구월도 끝자락에 접어들었다. 상추 사이에는 상추

씨를 다시 뿌려 다음 해 봄 맞을 준비를 한다. 큰 상추는 추위에 시들고, 어린 상추는 추위를 잘 견뎌 새봄을 맞으리라.

토란은 곁순이 올라오는 족족 흙을 조금 헤집고, 곁순이 돋은 자리에서 베어내고 흙을 덮어주었더니 곁순 없이 알이 곱다.

둘째는 큰손자가 초등학교 삼학년 때부터 미국지사 근무를 했다. 올해 그 애들이 둘 다 대학생이 됐다.

오늘, 전화에서 아들은 애들 따라 저희까지 미국 국적으로 바꿨다며 시무룩하다.

'애들 대학 마칠 때까지만 이라더니……, 날 생각해서가 아니고 제 맘 달래고 떠났구나!'

콧등이 시큰하다.

✽ 여름지이: 농사

도봉산

해도 해도 표나지 않는 일에서 손 털고 산길에 나섰다. 큰 버스에 올라 수인사가 끝나자 조용하다. 조용한 이 분위기가 나는 좋다. '마한산악회'는 일찍 출발하는 탓에 못 잔 새벽잠을 채울 수도 있고, 한 주에 하루 쉬는 날을 제 나름의 쉬는 날로 삼을 수 있도록,

'부부가 같이 올 것과 술이나 노래와 춤을 삼갈 것'을 회원 가입 조건으로 내세웠다.

확 트인 들은 허튼 구석 하나 없이 논으로 밭으로 정갈하다. 누구의 힘이었을까? 힘센 젊은이의 힘도, 비실비실한 늙은 부부의 힘도, 가냘픈 홀어미가 어린 자식들을 어르고 달랜 가없은 힘도, 한 점 찍혔으리라.

논과 밭에 한눈파는 동안 차는 꼬불꼬불한 산길로 들어섰

다. 차에서 내리니 마음이 몸보다 앞서 숨이 차다. 산에 오르는 일은 상쾌한 바람과 먼 곳이 한눈에 들어와 시원하리라 생각한다. 그러나 이 생각은 번번이 깨어진다.

제 키대로 발 디딜 자리를 보는 것이 고작이다. 산이 앞을 막아 바람이 오고 감도 없다. 도를 닦는 마음이다. 헉헉거리며 한 발 한 발 떼어 놓는 발부리를 살짝 비켜, 하늘나리가 밀감 빛 얼굴에 볼연지를 찍고 웃는다. 이 반김을 어찌 못 본 체하랴! 잠시 고단을 내려놓고, 하늘나리가 보는 쪽을 나도 본다.

한쪽 자락엔 싸리꽃이 활짝 피었고, 멀리는 밤꽃이 하얗다. 그리고 더 멀리는 온통 여리고 짙은 푸름이다. 들은 사람이 다듬어 놓은 거룩함이더니, 이번에는 조물주의 신비다.

'그지없이 포근하게 감싸주는 이 품에, 한 숨탄것으로만 살았다면 얼마나 행복했을까?'

'오히려 행복이 무엇인 줄을 모르고 오직 지으신 분만 행복하셨을까?'

'지으신 분의 행복이 탐나 사람은 이마의 땀을 택했나?'

무리의 꼬리를 놓쳤다는 재촉에 아득한 꿈이 깨어졌다.

한 발 한 발, 발힘이 풀려 비틀거릴 때 온몸으로 손을 잡아주는 나무가 있다. 얼마나 긴 세월 혼자 다지고 자라, 지친 수많은 사람 손을 잡아주고 있는 것인가.

'이건 뭔가! 네 몸에 상처를 내고 간 사람이 있구나. 너는

또 얼마나 긴 시간 동안 혼자 아플 거니?'

드디어 도봉산 꼭대기에 섰다. 눈앞이 넓게 확 트였다. 살갗을 스치는 바람은 명주 비단 필이 스치는 감촉이다.

마전해서 널어놓은 명주 비단 필 사이에 들어서면 살갗에 스치는 명주 비단 필이, 그지없이 보드라웠다. 몰래 숨어들어 두 팔 벌려 날개 편 솔개마냥, 명주 필 사이를 나르는 흉내를 내며 맴돌던 생각이 난다. 그 느낌이다. 명주 비단 필이 온몸을 스치고 훨훨 날아가는 모습이 보이는 듯하다.

산꼭대기에 올라 산을 내려다보는 맛은, 무어라 설명할 수 없다. 그냥 예술이다.

우람한 바위로 뼈대를 삼고, 짙푸른 힘살에, 연둣빛 살갗. 실올 하나 걸치지 않은 '어느 조각가의 작품보다 더 늠름한 푸름이(청년) 모습'이다. 가슴이 벅차다.

길나무*

나무의 겨울눈에는 봄을 준비하는 꿈과 희망이 들어 있다. 겨울이 깊으면 내 눈길은 겨울눈에 자주 머문다. 늦추위쯤이야 아랑곳없이 눈이 부풀면 내 삶에도 힘이 솟는다.

나무눈이 통통하다 싶더니 금세 새싹으로, 꽃으로 바뀌었다. 나무는 사람에게 산드러움을 더해준다. 무성한 잎으로 햇볕을 가려주면 사람도 여름 채비를 한다. 가을엔 많은 열매를 내어 주고 잎마저 훌훌 벗어 햇볕은 돌려주고 추위와 맞선다. 이런 나무가 숨탄것이란 사실을 사람들은 잊는다.

엊그제 '전주 한옥마을'을 지나오는데 길 따라 꽃밭을 너무 길게 이어놓았다. 그 탓에 사람 발치에 녹아난 자국이 많았다. 나무 성질은 도무지 생각 않고 푸성귀를 심듯이 총총히 박아 우선 비심치레*만 해놓았다. 죽어 나갈 나무들이 빤히 보이는 곳에서, 사진기를 들고 있는 바깥 나라 사람들과 눈 맞추기가 창피했다. 어느 곳에서나 비심거리가 아닌 탄탄한 제 삶을 그대로 보이는 것이라야 마음에 편안히 안긴다.

길나무의 몸통은 흠집으로 은드덕져* 제 모습을 찾기 어렵다. 우듬지와 가지는 다 도려내고 몸통만 조르르 세운 섬뜩한 꼴도 보인다. 나일론 줄로 칭칭 감아 물건을 매달기도 한다.

지난여름 서울 거리를 무심히 걷다가 산 나무 밑동에 못 질을 해 나무 표지 표를 달아놓은 것에 흠칫했던 기억도 있다. 깊이 박히는 못이 아니라고 발뺌할지 모르지만 나 같은 사람은 벌써 흠칫 놀란 뒤다. 수많은 전등을 나무에 매달아 치레로 쓰며 "나무에게는 해가 없다"는 말도 퍼트린다. 소 등에 쉬파리 꾈 듯 언짧은 마음은 헤아리지 못한 말이다.

나무 밑동에는 길 블록 사이에서 숨구멍을 남겼다가, 쇠망을 씌워 놓고 오가는 사람마다 마음 놓고 밟고 다니게 한다. 쇠망으로 숨탄 나무가 목숨 없는 물건이 됐다. 길을 걷다가 나무 살을 한 뼘이나 파고 들어간 쇠망을 볼 때는 섬뜩하다.

"나무뿌리도 겉으로 드러난 흙이 있어야 숨을 쉬고, 나무 밑동 흙을 밟으면 나무가 숨쉬기 어렵다."고 불평하는 사람이 많으리라. 쇠망을 씌울 일이 아니라 밟지 않는 마음을 일 깨워야 한다는 생각이다.

길나무는 나무가 크게 자라면 안 될 곳에는 마디게 자라는 나무를 심고, 크게 자라도 될 곳에는 크게 자라는 나무를 성글게 심어, 나무마다 타고난 제 참모습을 자랑하게 했으면 좋겠다. 그러면 높은 집은 못 해내는 일을, 키 큰 나무는 높게 흐르는 바람길을 끌어내려, 도시를 쪄 누르는 먼지층에 바람구멍을 내고, 고여 있는 먼지를 하늘로 실어 나른다지 않던가?

마음껏 자라는 나무를 보는 것만으로 흐뭇하고, 겨울나무는 새순을 품은 어미나무라고, 겨울잠 고이 자라고 다독이는 마음이 생길 때라야 길나무가 제구실을 하는 보람이 있고, 보배로우리라.

사람이 발을 들여놓지 않는 가로수 밑에는 저절로 냉이·민들레가 희고 노란 꽃을 피우고, 바랭이·여뀌·엉겅퀴, 그령·땅빈대·쇠비듬 들들이 철 따라 돌아, 밤에는 이슬을 모아 떠도는 먼지를 제 발아래에 잠재운다. 어린이들은 자연공부 하고, 어른들은 풀 한 포기에서 땀에 젖은 어머니를 생각하는 사람, 거침없이 뛰놀던 어린 시절을 떠올리는 사람 들들…….

편히 자라는 푸나무와 더불어 살고 싶다.

✽ 길나무: 가로수

✽ 비심치레: 겉만 번지르르한

✽ 은드덕진: 상처로 뒤덮여 어찌할 수 없는 지경

나이 들면 뼈에 찬바람 일어

올여름은 '큰비'와 '따가운 햇볕'이 번갈아 내리쏘는 탓에 무더위가 늦게까지 기승을 부린다. 밖에 나가면 예사 햇볕이 아니다. 해가 내려앉아 옆에서 빛으로 쏘는 듯하다. 일찍이 만나보지 못했던 불꽃이 일 듯한 그런 살기 있는 햇볕이다. 밭에 나가기가 겁나 손 넘긴 곳은 늘어나고…….

집 안에 있기도 이렇게 힘이 드니, 장롱 바닥에 잠재웠던 삼베 홑청을 꺼내어 등거리를 만들어 그 풀 기운으로 올여름을 나자 했다.

젊어서는 모시, 삼베가 살갗에 닿는 맛이 좋아 여름에는 홑이불이며 요 홑청까지 삼베로 쌌다. 그 가슬가슬한 맛을 우리만 즐기기가 죄스러워 깔고 덮을 만하게 홑이불 두 개를 만들어 어머니께 드리러 갔다.

기뻐하실 줄 알았던 어머니는 내게 눈을 흘기신다. 그 눈빛에는 '왜 이렇게 철이 없냐'는 뜻이 담겼다. 나는 '돈을 왜 그리 많이 들였느냐'는 꾸중으로 알고,

"어머니 그렇게 비싸지 않아요."

하며 요 위에 깔아드리려 하자 어머니는 내 손을 힘주어 뿌리치신다. 요 위에도 깔지 말라, 덮지도 않으신단다. 그때 어머니는 중풍으로 말을 못 하시는 한때였다. 그런데 완강하시다.

"어머니 어째서요?"

애원하듯 물어도 어머니는 더 언짢아하신다. 어머니가 기뻐하실 줄 알았는데 오히려 역정 내시니…… 그 까닭을 알 수 없어 한쪽에 접어두고, 답답한 채 울먹한 마음으로 돌아섰다. 철없는 딸은 '우리 어머니가 예전 같지 않다'고만 옹죄는 마음이었다.

그 까닭을 내내 모른 채 살다가, 나이 들면서 삼베가 살갗에 닿는 맛이 예전 같지 않아 해마다 발밑에 밀쳐두는 일이 잦다가, 어느 해부터는 아예 내놓지 않게 되었다. 그제야

'어머니 그러셨어요? 늙으면 뼈에서 찬바람이 인다는 말을 제가 미처 알지 못했어요.'

하고 풀기 빼어 장롱 바닥에 깔아두었던 그 삼베 홑청 생각이 났다.

"가을이 오기는 올까, 벌써 팔월 중순을 훌쩍 넘겼는데?"

'가을 기미가 없다'고 수런거리는 소리 속, 가을은 하룻밤 새에 성큼 다가섰다. 기미 없이 다가온 가을이 여느 가을보다 반갑고 고마워서,

"응? 가을이 언제 왔지?"

이렇게 어김이 없는 것을 그렇게 조급증을 내고 우주의 움직임까지 의심을 했으니 죄스런 마음이다. 새삼 자연에 고마운 생각이 든다.

그런데 '가을이다'라고 마냥 좋아할 수 없게 이젠 비가 잦다. 모처럼 햇빛이 빤한 틈을 타 등거리들 풀기를 빼며 새삼 어머니 생각이 난다.

"어머니, 저도 이제 밤에 이부자리 속에 들면 무릎이 시려 손바닥으로 무릎을 감싸고 비벼 보기도 하다가 요즘은 아예 넓은 낯수건 한 장으로 무릎을 감싸고 이불을 덮는 버릇이 생겼어요. 그리고 낮에도 책상머리에 앉을 때 무릎이 시려, 털실로 쳇바퀴마냥 둥근 통으로 제 화장 길이만큼 길게 떠서 두 무릎을 그 속에 넣고 앉는 버릇도 생겼어요."

오늘따라 "명 든 데가 있어야지요." 하시며 먼 하늘에 눈길을 두시던 아버지 생각도 난다. 나는 약하게 태어난 데다, 음식을 가려먹는 버릇이 심했다. 아버지 어머니께 늘 그 생각을 떨칠 수 없게 했던 딸이 무릎이 시릴 때까지 살다니…….

이렇게 새록새록 어버이 생각을 하며 살라고, 사람을 코

앞만 보는 미련둥이로 지으셨나 보다. '나이 들면 뼈에서 찬
바람 인다'는 말, 보아도 들어도 모르다가 알아볼 나이에 당
해서야 일깨우는.

'나이와 함께 알아간다'는 말이 이런 거구나…….

심야 전기냐 햇볕 전기냐

첫 살림방은 일본 사람이 살던 집이었다. 손님맞이방을 붙박이장과 돗자리만 걷어내고 온돌을 깐 방이라 휑댕그렁했다. 장작 몇 포를 삼키고도 방바닥은 매작지근도 않다.

밤이면 코끝이 시리고, 벽에 걸린 옷이 흔들렸다. 낮에도 춥기는 마찬가지였다. 한 발 떼고 넘어지고 두 발 떼고 넘어지며 걸음마를 익히는 아이를 붙잡아 이불을 덮어 주려고 애써도 멈추지 않다가, 벽에 걸려있는 인두판을 내려놓고, 한참을 그 위에 서서 언 발을 달래다가 다시 걸음마 공부다.

'어린 속에 이런 소견이 있다니!'

하도 신기하고, 짠하기까지 했다. 어린것을 업고 거리로 나왔다. 섬*에 왕겨를 가득 담아 바지게에 지고 가는 사람들이 보였다. 풀무 하나 사고, 장작 몇 단 값의 왕겨로 추위

65

를 누그러트렸다.

저때는 엿장수도 고추씨를 받아가는 때라서 집집마다 고추씨를 모아 팔았다. 고추씨 기름 공장에서 막 짜낸 고추씨 기름으로 튀김하면 유채씨 기름보다 고소했다.

"고추씨 깻묵으로 불을 때면 처음 불붙이기가 어렵고, 매콤한 냄새가 흠이지만, 불이 붙고 나면 냄새도 가시고, 땔감으로는 가장 값이 싸게 먹힙니다." 하며 깻묵 한 덩이를 덤으로 준다.

불붙이기는 그리 어렵지 않았다. 조개탄처럼 엉겨 붙은 불덩이를 방고래 쪽으로 밀쳤다가 다시 끌어당겼다가 불을 마음대로 쓰는 맛이 좋았다. 재가 아주 조금 남는 것에 더 이끌렸다. 아궁이 깊숙이 한 아궁이 몰아넣고 자면 아침에 어설프지 않았다. 연탄보다 값싸고 가스 걱정도 없다. 좋은 발견이나 한 듯이 사철 쓰는 땔감으로 정했다. 그 공장이 문을 닫은 뒤론 어쩔 수 없이 연탄을 땠다.

그 뒤 석유를 때면서 석유 한 방울 나지 않는 나라에서 이렇게 호사를 누려도 되는 건가, 죄스러운 생각이 들었다. 석유 값이 올라 '석유 타는 것'은 '돈 타는 것'이란 생각으로 바뀌었다.

'심야 전기냐?' '햇볕 집열판이냐?' 저울질할 때, 아들들이 우기는 바람에 심야 전기 쪽을 택했다.

유리로 된 '햇볕 집열판'은 그동안 발전을 거듭해서 요즘은 가느다란 쇠망으로 만든 '햇볕 전기판'이 됐다. 땅이나 지붕에 놓고, 전기가 만들어지면 한전으로 보내고, 쓰는 전기량과 에낀다.* 열 해만 쓰면 설비 본전을 뽑는다지만, 과학자들은 아직도 햇빛으로 전기를 얻는 비용은 석탄을 때서 얻는 방식보다 훨씬 비싸, '더 줄일 숙제가 남았다.' 하고, 중요한 부품은 수입해서 쓴다는 데서 마음이 멈춘다.

　오롯한 우리 힘은 어디까지 왔을까?

　값싼 '자연 자본'만으로 방구들 덥힐 날에 귀 기울인다.

✽ 섬: 가마니를 터서 하나로 만든 것

✽ 에끼다: 상쇄하다

사람이 만든 꿀, 조청

　내가 어렸을 때는 바느질하시는 어머니 옆에 인두 꽂힌 놋화로가 늘 놓였다. 학교 갔다 돌아올 시간 맞춰 화로 위에 석쇠가 놓이는 날은 즐겁다. 맹꽁이 볼처럼 불룩하게 부풀어 오른 인절미를 조청에 찍는 맛이 입안에 돌기 때문이다. 대청이나 찬장에 놓인 조청 단지를 만나면 동무들과 손가락이 들락거려도, 금방 그 자욱이 없어지는 것도 즐거움이었다. 잔칫상 떡 접시 옆에 으레 조청 그릇이 빠지지 않고 따라붙는 것도 저때엔 흔한 광경이었다.

　그러던 것이 설탕·당원이 나돌면서 단맛이 아예 떡 속으로 들어가고, 떡 접시 옆에서 조청 그릇은 사라지고 말았다. 조청이란 이름도 잃어버리고 '물엿'이란 새 이름을 달았다. '조청'은 음식의 한 품목에서 자리를 잃고, 양념으로 쓰이는 것이 고작이다. 그마저도 집집의 손맛이 아니고 공장에서 만든 것이다.

어느 해이던가, 나는 몸이 아파 살림을 제대로 돌보지 못하고 거의 한 해를 헛살았다. 다시 살림에 눈을 돌려보니 내가 쓰다만 물엿이 투명한 병 속에서 말똥말똥 나를 바라보는 듯했다. 섬뜩했다. 음식을 해 넘게 팽개쳐놓았으면 응당 곰팡이가 피었어야 마땅할 텐데, 이렇게 싱싱한 모습은 무슨 까닭일까? 뜨악한 마음이 일었다. 그 물엿을 버리고 그때부터 조청을 만들었다. 조청은 식혜를 만들 줄 아는 사람이면 누구나 손쉽게 만들 수 있다. 한꺼번에 한 해 먹을 만큼 만들어 놓고 먹으면 편하다.

조청을 만들 때는 엿기름을 걸러서 쓰지 않고 막 바로 쓴다. 엿기름과 쌀의 비율은 엿기름의 상태에 따라 다르다. 쌀 3킬로에 엿기름 300~600그램의 비율로 쓴다. 쌀은 밥으로 짓거나 시루에 쪄도 좋다. 밥알에 뜸이 잘 들었으면 뜨거울 때 바로 찬물을 부어가며 밥알을 풀다가 뜨겁지 않고, 따끈할 때 엿기름을 고루 섞어 밥알이 찰박하게만 물을 맞춘다.

그 따끈함을 여섯~여덟 시간쯤 그대로 지키면 물 위에 밥알이 한두 알 동동 뜬다. 그때가 가장 거르기에 알맞은 때다. 물을 적게 부었을 때에는 밥알이 물 위에 뜰 수가 없다. 시간이 거의 되면 밥알을 손가락으로 비벼보아 미끄럽지 않고 껍질만 남으면, 서둘러서 자루에 부어 국물을 짠다.

국물을 넉넉한 솥에 붓는다. 솥뚜껑을 덮지 않은 채 센 불에서 데우다 끓으면 불을 중불로 줄이고, 양에 따라 5~10시간쯤 놓아둔다. 밤이 되면 약한 불 위에 놓고 자도 되고, 불을 껐다가 다음 날 다시 졸여도 된다. 다만 끓이지 않은 채 놓아두면 날씨에 따라선 신맛이 돈다.

끓는 모습을 가끔 굽어보아 잔거품이 일면, 그때부터는 지켜 서서 주걱으로 저으면서 묽기를 맞춘다. 젓던 주걱을 들어봐서 주르르 이어 흘러내리면 조청으로 알맞은 묽기이고, 주걱을 타고 유리알처럼 번들거리며 얇고 넓게 퍼져 내리면 갱엿이다. 조청이 너무 되면 쓰기엔 불편하지만, 간수하기는 편하다. 너무 묽을 때는 냉장고에 넣지 않으면 시어진다.

한 김이 나간 뒤에 자잘한 유리병에 나누어 담아, 서늘한 곳에 놓으면 먹을 때 편하다. 먹던 병은 냉장고에 들여놓고 먹어야 한다. 그렇지 않으면 윗부분에 곰팡이가 핀다. 곰팡이가 피었으면 그 자리만 도려내고 먹으면 된다. 이것이 자연의 뜻이다.

떡 방앗간에 가보면 당원이나, 설탕 봉지를 툭툭 터서 떡가루에 쏟아 붓는다. '음식 맛을 버려놓는 곳이 바로 이곳이구나!' 싶다. 재료 바탕이 단맛이 나는 때는 그 바탕 맛으로 달고, 그밖에 다른 떡은 소금간만 한 떡이 제맛이다. 단맛을 원하는 사람에겐 설탕이나 조청, 꿀을 내어놓는다.

큰아들이 중학교에 다닐 때 일이다. 친구 집에서 팥죽을 한 수저 입에 넣고 움칠했단다. 너무 달아서 삼킬 수가 없었다 하며, 좋아하는 팥죽을 그냥 놓고 돌아서는데 눈물이 핑 돌았다고 해서 웃었다. 팥죽도 팥의 단맛이면 넉넉하다.

음식에는 단맛이 들어가야 할 음식이 있다. 아주 달아야 제맛인 음식이나, 반들거리거나 탁하면 안 되는 음식에만 설탕을 쓰고, 거의 조청으로 단맛을 돋운다. 조청의 단맛은 은은하면서 진득한 맛이다.

당원이나 미원은 밴댕이 속같이 얕은맛이다. 내가 당원이나 미원을 쓰지 않는 까닭도 이에 있다.

쑥이나 모시 잎을 데칠 때도 소다를 넣어서 억지 색을 내지 않는다. 모든 음식은 만드는 재료의 맛과 제 빛이 사는 것이 제맛이라 생각한다. 지금은 학교에서도 다 같은 음식을 먹고, 직장에서도 같은 음식을 먹는 곳이 많다. 제 입맛을 고집하기가 어려운 시대다.

오랫동안 집을 떠나 있던 둘째 아들이 오랜만에 밥상머리에 앉으며

"저는 어머니 음식 맛 다 잊었어요. 다만 남의 집 음식에 길들이기가 무척 힘들었다는 기억만 남았어요."

할 때 안쓰러웠다.

음식점에 가면 손을 물에 씻지, 물수건을 쓰는 때가 드물다. 물수건은 삶지 않고, 화학 비누에 담가 빤 것이 많아 위

생 문제를 떠나서 손맛이 꿉꿉해서다. 남이 이 말을 듣고 내 거친 손을 보면 '손맛'을 찾는 것이 우스우리라. 하지만 삶은 빨래를 햇볕에 말려 거둬들이는 손맛이 즐거운 걸 어쩌랴.

언젠가 남의 손을 빌려 사는 날이 온다면, 이런저런 맛에 낯가림하는 나는 살기 힘들 것이란 생각이 든다.

나이 들며 총기가 사위어 가듯 때가 되면 하나하나 사위어 가겠지만…….

말냉이 나물

　내 어린 시절엔 입춘 무렵부터 보리밭 밟기와 보리밭 김매기를 했다.

　보리밭을 손질하는 동안 생김새도 귀엽고 유난히 봄기운을 흠뻑 머금은 말냉이 나물을 귀하게 여겼다. 우리는 '말맹이'라고 했다. 달래 뿌리와 말냉이는 정갈하게 따로 모아 그걸로 싱건지*를 담아 새콤하게 익혀 밥을 말아 먹었다. 그 맛을 잊을 수가 없어, 봄이면 말냉이 나물을 찾아다니길 이십 년 넘어 지지난해 봄, 임실 어느 산 어귀에서 그 나물을 찾았다. 막 꽃을 피울 차비를 하는 나물 잎 가장자리에 밋밋한 톱니가 있어 '톱니만 없다면 말냉이가 분명한데' 하며 잎을 만져보니 잎이 억세다. '내가 아는 말냉이는 잎이 부드러운데……' 잎 하나를 따서 입에 넣고 자근거려 보니 쓴맛이 확 돈다. '아니지!' 하고 돌아섰다.

그다음 해 이른 봄, 집안 어른과 그쪽에 갈 일이 생겼다. 나는 아무 말 없이 그 길을 골라 걸었다. 어김없이 그 나물은 오모래오모래 돋아있다. 어린 나물을 보니 잎에 톱니도 없고 부드럽다. '이 어른이 이 나물을 알아보실까?' 아무 말씀 없이 지나쳐 버린다면 물어보리라 생각하고 바짝 따라 걸었다.

"어? 이 귀한 나물이 여기 있네!"

그 말이 너무 기뻐서

"말맹이 나물이 맞지요?"

하고 준비된 물건을 내밀 듯 얼른 여쭈었다. 그 어른은 신기한 듯

"지금은 이 나물이 들에 없으니 가꿔 먹어도 좋을 거야."

하신다.

그해 여름 다시 가서 씨를 거둬들였다가, 밭이 비는 족족 씨를 뿌렸다. 싹이 나서 김장이 끝난 빈 밭에 푸른빛이 싱싱한 것은 말냉이 나물뿐이다. 푸른 채소가 귀한 철에 훌륭한 나물거리다. 이른 봄에 무리 지어 올라오는 연한 풀빛 꽃대는 빛깔이 참 곱다. 이어 냉이꽃같이 자잘한 하얀 꽃을 피우고, 동글동글한 큰 씨집 빛이 떡잎 빛보다 더 연한 풀빛이다. 참 아름답다.

정월 보름 말린 나물들에 둘러싸인 파란 말맹이 나물 싱

건지는 맛이 아주 좋다. 살짝 데쳐 나물로도 먹어본다. 데치니까 쓴맛이 돈다.

'아하! 그래서 생으로 신건지와 김치를 담가 먹었구나.'

초등학교 동무는 이 나물을 알 것이라는 생각에 동무를 불러 말맹이 나물을 아냐니까

"응, 싱건지 나물 아니여?"

하는 대답이 금방 따라 나온다.

"씨를 받아서 보내줄게. 밭 빈자리가 있으면 지금이라도 씨를 뿌려둬. 그러면 제가 철 찾아 날거야"

하고 일렀다.

친구는 동네방네 소문낼 일이 생겨 즐겁단다.

"나도 멀리 사는 친구에겐 우편으로 씨를 부쳐주었어. 요즘은 김치도 담가 먹고 있는데 너무 연해서 씹히는 맛은 없어도 새 맛으로 좋아."

하고 자랑한다.

아이들을 품에서 떠나보내고 텃밭을 가꾸며 토종 이것저것 다 심어보았지만 어려서 먹던 떡맨드라미와 단호박, 말냉이 나물은 만나지 못해 고향을 그리는 마음처럼 늘 마음 한편에 간직하고 있었다.

그 한 가지 소원이 이뤄졌다. 이제 우리 밭에는 일찍 싹이 난 말냉이가 시금치처럼 포기져, 늦은 가을부터 3월 말까지 기름이나 연탄 값 안 들이고 먹을 수 있는 푸른 나물감으로

자리 잡았다.

하루는 '농업생명공학연구원'에 토종 단호박 씨와 떡맨드라미 씨를 얻을 수 있는지를 묻고, 말냉이 이야기를 했다. 그곳엔 그런 씨앗이 없다며 보내달라고 했다. 나는 말냉이 씨 한 되를 보내면서 이렇게 덧붙였다.

"말냉이의 맛을 아시거나 모르시는 분도 온실이 아닌 추운 곳에서 잘 자라는 이 나물을 많이 찾게 되었으면 하는 바람입니다."

❋ 싱건지: 물김치

봄 마중 나물

김장김치 맛이 시들해지면 포근한 날씨 틈타 빈 밭에 나가 본다. 말냉이 나물이 가장 파랗다. 어린 말냉이 나물 한 줌과 늦 배추 몇 포기 고르고, 갓 몇 잎이면 겨울 생나물감으로 훌륭하다. 시금치와 상추는 가을엔 제법 파릇했는데 나보다 먼저 새들이 다 쪼아 먹고 뿌리만 남았다.

가을에 파 엎은 땅에서는 둑새풀(독새기) 씨가 언제 싹을 틔웠는지 가느다란 잎이 사방으로 뻗고, 얼부풀어 올랐던 땅심을 놓치지 않으려고 하얀 뿌리를 길게 늘여 흙을 움켜잡고 있다. 둑새풀은 '발그레한 세발 둑새풀이 가장 맛있다', '둑새풀 뿌리에는 기름이 세 수저나 들어 있다'는 옛말이 생각난다. '세발 둑새풀'은 뿌리가 셋이거나, 잎이 셋인 줄로 알았는데, 오늘 보니 잎이 가늘대서 붙인 이름인가 보다. 연

모(칼)를 댈 것도 없다. 손이 닿자 흙덩이가 그냥 바스러지며 둑새풀은 하얀 뿌리째 들려 나온다.

냉이(나숭개), 싸리냉이, 개갓냉이(매운개나물), 꽃다지, 쇠별꽃나물, 큰개불알풀(코딱지나물), 갈퀴덩굴(까시랑코나물), 뽀리뱅이(박오가리나물), 주름잎(장광나물), 지칭개(쓴나물), 꽃마리, 개망초(담배나물), 점나도나물(용천백이나물), 벼룩나물(깨나물/영감밑씻개나물), 광대나물, 양지꽃(소시랑나물), 소리쟁이(초롱잎), 속속이풀, 씀바귀(싸랑부리), 고들빼기, 방가지똥, 민들레 들이 추위에 부대껴 검붉은 흙빛이다. 봄 마중 나온 나물들이다.

그래도 온실에서 자란 나물보다는 좋으리란 믿음으로 캐왔다. 들에서 볼 때는 어설펐는데, 겉잎을 뜯어내고 보니 탄탄하게 생기를 머금고, 뒤쪽엔 푸른빛이 돈다. 둑새풀이 적을 때에는 쓴맛이 없는 냉이, 갈퀴나물, 벼룩나물, 소리쟁이, 쇠별꽃나물 들을 섞어서 국거리로 쓴다. 오늘은 둑새풀이 많아 둑새풀만 따로 골라놓고, 모두 한데 삶았다. 나물들이 짙은 푸른빛으로 바뀌었다. 참 대단하다! 푸른빛을 겉으로 드러내진 못했어도, 속으로 야물게 신신한 잎파랑이(엽록소)를 간직했구나!

방송에서 들은 오한진 교수님 말이 새롭다.

"한데에서 추위와 싸우며 햇볕에 목말라하면서 어렵게 만든 잎파랑이에는 비타민, 미네랄, 아연, 마그네슘이 들어 있다. 제가 살아남으려고 어렵게 어렵게 만든 이 미세 영양소가 우리 몸에 들어오면 면역력을 높여 주고 세포를 늙지 않게 해 준다."

이런 봄 마중 나물들이 얼마나 고마운가?

'정월 보름을 앞서 들나물국 세 번만 먹으면 황소 한 마리 먹은 폭이라'는 옛말이 헛말이 아니구나. 떠도는 말에 이런 과학이 숨어있다니 조상의 지혜가 새삼 놀랍다.

둑새풀만 따로 씻는 손맛이 보드라우며 오돌오돌 개운하다. 삶은 나물을 양념 된장으로 무쳤더니 쓴맛이 조금 돌면서 입맛이 당긴다. 입맛이 당기니 많이 먹으라는 뜻인가 보다.

온실을 짓는 억지가 없어도 고구마, 감자, 무, 토란, 더덕, 도라지, 연 뿌리, 우엉 뿌리들이 겨울을 넘겨준다.

지나다 보면 공사하는 곳이나 들에서 농사지은 일이 없는 빨간 새 흙을 만나는 때가 있다. 그 새 흙을 잘 말려놓았다가 부엌 한 귀퉁이에 무릎 높이를 벗어날 만한 옹기 단지 두 개를 놓고, 가운데를 축으로 삼고 고구마 한 단지, 무 한 단지를, 잘 쌓아 흙으로 담뿍 덮어 놓고, 겨우내 꺼내 먹으면, 금방 캔 듯 맛이 생생하다. 새우젓 단지면 주둥이가 넓어 더욱 좋다. 나는 새우젓 단지에 호박 고구마를 넣어 놓고 생고구마를 겨우내 봄까지 즐긴다.

그 사이사이로 이런 알뜰한 나물들이 봄을 잇는 다리를 또 놓아 준다. 그러노라면 추위를 이겨낸 봄동, 갓, 시금치와 햇볕 바른 곳에 쑥이 돋고, 머위가 돋고, 미나리, 상추와 만난다. 예전 같으면 '집장 단지'가 두엄 속에서 왁자하게 김을 피우며 모습을 드러내는 철이다. 봄에 씨 뿌린 쑥갓, 아욱, 겨자 같은 나무새*들이 흐드러지면 집장 맛이 한껏 두드러졌다.

신접살이 어느 해였던가 그 집장 맛을 못 잊어 메주 한 덩이로 담그기 쉬운 찌엄장을 소꿉놀이하듯 담가 놓고, 고만고만한 아이들 손잡고 봄 마중 나물 찾으러 들에 나갔다.

옆집 아주머니는 우리 아이들은 고뿔 한 번 앓지 않는대서 '차돌'이라 불렀다. 나는 그 말을 들을 때마다 '가난한 집 아이들은 하늘이 길러낸다'는 말을 떠올리곤 했는데, 이제와 생각하니 이런 '봄 마중 나물 덕'이었나 보다.

단칸 셋방살이에서 벗어난 아이들은 모로 뛰고 가로 뛰며 나물을 찾았다.

* 나무새: 남새, 나물

메밀대 나물

스승의 날에 앞서 조영숙 선생님을 모시고 '솔담'에서 점심을 먹는 자리다. 밥상에 메밀대 나물이 올라왔다. 무심코 젓가락이 간다.

'응? 맛있네? 그때는 그렇게 먹기 어려웠는데……'

하는 생각이 들었다.

1967년 여름 방학을 며칠 앞둔 어느 날, 곁님과 마주 앉아 이야기를 하다가,

"당신 입술이 밉다고 한 번도 느끼지 못했는데……, 지금 당신 입술이 밉네."

하니 곁님은 멋쩍은 듯이 당신 입술을 한 번 쓸어본다. 그리고 며칠 지나 집 가까운 데서 시골장이 서는 날이다. 토종닭을 골라 샀다. 삼계탕을 끓였는데 국물만 몇 숟갈 뜨

고 만다.

"넣을 것 다 넣고 맛있게 끓였는데……, 맛이 없어요?"

"당기지 않네!"

"어데 아파요?"

"아니."

"당신이 좋아하는 음식인데?"

"……"

"내일은 일요일이니까 병원에 한번 가요."

아무 말 없는 곁님에게 혼잣말하듯 했다. 그때는 일요일
도 병원 문을 여는 때라 다음 날 아침을 먹고, 옷을 차려입
고, 서둘러 병원 갈 채비를 했다. 곁님은

"나는 아무렇지 않은데, 무슨 병원?"

그래도 한 번 가보자고, 고집을 부렸다. 그때 마침 육촌
오빠가 들어서며,

"이 집에 전쟁이 났네! 무슨 일로?"

하고 묻는다.

"손 서방이 밥을 잘 안 먹어서 병원에 가자니까 안 간다
고 해서."

"다른 사람은 여섯 달마다 건강진찰도 한다는 데, 나랑
같이 가세."

그때에야 일어섰다. 10분 거리에 있는 '정내과' 의원으로
걸어서 갔다.

의사는

"어? 이 사람, 피가 다 어디로 갔어!"

하며 청진기를 가슴에서 떼지 않는다.

나는 '무슨 소리야' 하듯 의사를 빤히 바라보았다.

"본인도 모르게 피가 새었다면 내출혈을 했다는 이야긴데, 내 말이 믿기지 않으면 신문지를 깔고 똥을 누고, 뒤편을 보십시오."

하고 링거주사만 놓아 주고, 입원을 해야 하는데 입원실이 없다며, 집에서 자고 다음 날 오라고 했다.

다음 날 아침이다. 뒷간에서 곁님이 나를 부른다. 신문지위에 눈 똥이 새까만 고약 같다. 신문지 뒷면을 보니 새빨갛다. 서둘러 병원엘 가는데, 곁님은 병원을 몇 발짝 남겨놓고비틀거려, 내 몸에 의지하고 힘겹게 병원에 닿았다. 병원에서는 피 500시시짜리 두 병과 링거를 넣고, 저녁때에야 주삿바늘을 뽑았다. 병원에 입원했는데 밤새도록 잠을 한숨도못 잔다. 일으킬까 하고 내 팔을 고개 밑으로 넣으려니 손을젓는다. 더워서 그런가 하고, 부채질을 밤새도록 했다.

날이 밝자 병원을 옮겨 달란다. 가까운 삼산 의원으로 옮기는데도 고개를 들지 못해 누운 채로 몇 사람이 부축했다.헤모글로빈 수치 '0'이라고, 의사는 이러고도 목숨이 붙어있는 것이 '기적이다'고 불 난 집의 불 끄듯이 서둘렀다. 이렇도록 입술에 핏기가 없다는 생각은 못 하고 입술이 밉다고만 했던 철부지였다.

　머리를 땅에서 떼려고 하면 자지러지게 놀라며 사람을 얼씬 못하게 했다. 누운 대로, 링거 2,000시시, 피 1,000시시를 사흘 동안 넣어도 그대로다. 의사도 당황하는 눈치다. 나흘째 날, 머리 밑에 손을 넣고 머리를 들려 하니 그대로 따른다. 몇 사람이 부축해서 일으켜 세워서 'X'선 사진을 찍는 데 성공했다. 십이지장에 구멍이 나 피가 배 안으로 퍼져나가는 것이 보였다.

　다행히 상처 구멍이 작아서 수술 않고, 약으로 메울 수 있다며 피와 링거는 그대로 넣었다. 김신기 박사는 웃으며 녹말가루로만 묽게 죽을 쑤어 오라고 했다. 미음을 쑤러 집에 가는 길, 모든 집들과 사람들이 나를 받대접 하는 듯하고, 발에 힘이 절로 생겼다.

　닷새째 되는 날 소고기나 돼지고기는 어느 부위만 먹는 것이라 영양이 고르지 않다고, 닭이나 오리를 한 마리 통째로, 생선도 통으로 먹으란다. 닭을 통째 한 마리 쌀을 넣고 푹 고아 그 국물만 주었다. 피 500시시, 링거 1000시시로 줄었다.

　엿새째 날, 닭 한 마리를 통으로 넣고 쌀과 된장을 넣어서 끓인 죽물만을 먹게 하고, 피 500시시 링거도 500시시로 줄였다.

　이레째 날, 죽을 먹게 하고, 피 500시시 링거 250시시로 다시 줄였다. 그동안 우리 애들을 보살피던 동생은 애들을 다 데리고 제집에 갔다.

여드레째 날, 오늘로 피와 링거 넣기는 끝이라고 했다.

아흐레 되는 날 의사는 헤모글로빈 수치가 8인데, 퇴원해서 지금부터는 음식으로 15까지 올리는 일은 당신 손에 달렸다고 했다. 짜지 않게, 맵지 않게, 철분과 단백질이 많은 음식, 싱싱한 채소…….

다행히 우리 집은 동부시장, 북부시장, 중앙시장, 남부시장을 걸어서 다닐만한 곳에 있었다. 그때는 냉장고가 없었다. 김칫거리를 빼고 싱싱한 채소를 찾자니 네 시장을 다 더터도* 싱싱한 채소는 '메밀대'뿐이었다. 어쩌다 나오는, 철분이 많다는 고춧잎을 만나면 눈이 번쩍 뜨였다. 그렇게 보배롭던 고춧잎을 요즘은 농약이 무서워서 시장에서 사 먹을 수 없다.

한 주일 뒤 병원을 찾았을 때, 김신기 박사는 헤모글로빈 수치가 12로 올랐다고 칭찬하며 이대로만 해 나가면 된다고 했다.

날마다 철분이, 단백질이, 비타민을…… 찾다가 할 수 없이 생마를 강판에 갈고, 컴푸리 차나무를 꽃밭에서 길러가며 생즙을 내었다. 머리로는 영양을 재며 밤에는 책을 뒤적이고, 낮에는 네 시장 더트기를 두 해.

고춧가루를 빼려니 두 해 동안 김치를 담그지 않았다. 다행히 아이들은 어려서 김치 맛을 모르는 때였다. 내 속은 늘 매슥거렸다.

'나만 참으면 된다.'고 나를 다독였다.

그때의 공부가 훗날 나를 눈암에서 건졌는가 싶다.

곁님은 지금 내 건강을 걱정한다.

＊ 더트다: 헤매어 찾다.

바가지

'바가지' 하면 '파는 바가지'를 떠올리는 사람들이 많으리라. 그런데 나는 '박 덩굴에서 따낸 바가지'를 떠올린다. 그리고 어릴 때 본 대청에 뭉게구름처럼 무리 지어 걸려 있던 바가지 들이 있다. 옆집 신평 할머니는 통박 만드는 솜씨가 대단했다. 박 꼭지를 그대로 두고 박 덩굴을 잘라 땄다. 그러고는 박 꼭지 조금 밑에다 주먹 하나 들랑거릴 구멍을 내고 씨집만 빼내고 박속까지 그대로 말리면, 박 안쪽은 해면을 입힌 것보다 더 부드럽고 매끄러웠다. 귀한 씨앗들을 그 안에 넣어 처마에 매달아 갈무리했으니 추위나 더위까지 잘 막아 주었으리라.

우리 집 마루에 서면 빤히 내다보이는 산자락엔 넓은 뽕밭이 있었다. 오디 철이 되면 동무들 몰고 가 분탕질하던 맛을 빼놓을 수 없는 곳. 뽕밭 가 산자락엔 크고 작은 박이 수두룩했다. 박을 삶는 날엔 박속 잔치가 벌어졌다. 모두 맛있다고 한마디씩 거들면, 어머니는 '다른 초무침은 고추장만을 쓰지만 박속 무침은 고추장으로 빛을 내고 된장으로 맛을 내야 제맛이 산다.' 했다. 몰랑한 박속은 식초와 양념을 휘감고 박 냄새만 풍긴다.

그래서 그랬을까? 우리 집을 지은 첫해. 박 한 붓 놓고 곁님 눈치를 보며 덩굴이 꽃밭을 덮지 않도록 막대기로 고여 주다가 나중엔 빨랫줄을 매듯, 담 따라 줄을 매어 크고 작은 박 두 덩이를 어렵게 딸 수 있었다.

그리고 스무 해가 지난 뒤 밭농사를 지으며 박 한두 붓을 마음 놓고 가꿨다. 호리병박이라고도 하는 조롱박과 박속만 먹는 살 많은 살박도 있지만 그런 박에는 뜻이 없고, 한 아름이 벅찰 만큼 큰 박이 좋았다. 해 질 녘엔 새하얀 꽃 밑에 털북숭이 열매가 달린 암꽃과 열매가 없는 수꽃이 어우러져 피는 꽃 옆에 서면 박꽃에선 어미 젖꼭지에서 막 옮겨 받은 아기 냄새가 난다. 박 잎도 아기 살갗이다. 그 곁에선 내 마음도 아기를 기르는 어미 마음이다.

꽃이 지면 털북숭이 열매는 몸집이 불어나면서 털을 벗는다. 석 달을 실하게 지나면 털은 없고 푸른빛이 흰빛 가깝게 바랜다. 그러면 알맞게 익은 것이다.

"말복 안에 박이 열려 까치 대가리만 하면 박이 세어 바가지로 쓸 수 있다." 하고, 그 뒤에 열리는 박은 나물감으로 귀하게 쓴다.

늦게 열린 박이 몸집을 다 불렸다 싶으면 따다가 자귀나 칼로 톡톡 쳐서 푸른 겉껍질을 벗기면 젖빛 속살이 나온다. 둘로 갈라 씨집을 도려내고 돌돌 돌려 썰기를 해 말려서 고지로 만들어 두었다가 먹을 수도 있고, 나물감으로, 찌갯감으로 쓴다. 예부터 제사상에 호박나물은 오르지 못해도 박나물은 올렸다.

박을 타서 푹 삶아 보면 얇은 막이 그물처럼 박속을 가리고 있다. 그걸 걷어 내면 보드라운 속살이 보인다. 그 속살만을 수저로 살살 떠서 소쿠리에 담아 물기가 빠지는 동안, 따뜻할 때 바가지를 엎어 놓고, 두 손으로 수저 머리(잎)와 꼬리(대)를 잡고 수저 자루로 겉껍질을 훑으면 잘 훑어진다. 겉이 깨끗이 다듬어졌으면, 이번에는 속 다듬기를 한다.

박속을 떠낸 속을 들여다보면 심줄이 수박 무늬 골 지듯 골 지어 있다. 그 심줄을 긁어 버리면 박이 마르면서 바가지가 속으로 말려들어서, 박이 아무리 잘 세어도 바가지 구실을 못한다. 그런 모습을 "배꼽이 떨어져 못쓰게 됐다."고 한다. 그 심줄이 다치지 않게 손가락 끝으로 살살 밀어 남은 박속을 모두 긁어내고, 심줄이 그대로 살아 있도록 마음 쓰고 물을 부어 가며 솔로 살살 닦아 볕에 말린다.

바가지를 말려 놓고 그 해맑은 속을 굽어보며, 매끄러운 거죽을 쓰다듬는 맛은 언제나 즐겁다. 가장 예쁜 바가지를 보며 정이 밴 얼굴들을 떠올린다. 가장 못난 바가지가 맨 먼저 음식 쓰레기 그릇으로 부름을 받는다. 마른 쓰레기 그릇이 되다가 때론 젖은 쓰레기 그릇이 되기도 하지만 햇볕을 쪼이기만 하면 다시 새롭다.

그리고 남은 것은 어중간한 바가지다. 그런데 그 못생김이 다 말을 지녔다. 너는 푸지고, 너는 야물고, 너는 가냘프고, 너는 뒤통수가 너무 나와 앉히기가 나쁘고, 너는 뒤통수가 죽어 밉상이지만 앉히기가 좋고…… 군것질 그릇, 쌀바가지, 허드레 심부름꾼, 임자를 잘 만나면 풍란을 키워내는 집도 된다. 요즘은 박으로 조각도 하고, 그림을 그리면 예술품도 된다. 무대에서 소품거리로, 민얼굴로도 훌륭한 벽 치장거리다.

'나일론 바가지'는 더러움을 다른 물건에 옮기기를 잘하고도, 막상 제 몸에 때꼽이 끼면 비누로 닦아야 닦인다. 그런데 '박 바가지'는 더러움을 다른 물건에 떠넘기는 일 없이 오롯이 제 몸으로 받는다. 그 때꼽은 물수세미로 조금만 닦아도 금방 해맑아진다. 어쩌다 떨어지지 않겠다고 떼를 쓰는 때꼽재기에겐 선선히 제 살점 내어주고도 언제나 속은 해맑고 환하다. 그래서 오래 쓴 바가지는 속을 비워내고 비워내 더욱 손 가볍고 살갑다.

요즘 나는 새로운 투정이 생겼다. 예전엔 바가지 속살결이 곱고 바가지가 튼튼했는데…… 요 몇 해째 바가지 속살이 거칠어서 안쪽에서 보면 매끄럽지 않고 거칠다. 따라서 바가지가 여러 금이 잘 간다. 바가지가 갈라지면 꿰매어 마른바가지로 쓰기도 하지만…… '박이 덜 익어서 그럴까' 하고, 서리가 내리도록 두었다가 따 보았더니 바가지가 튼튼해지는 것이 아니라 심줄에 군살이 덤으로 붙어 지저분하기만 하고 바가지가 야물어지지는 않았다. 그래서 "박을 너무 늦게 따면 박이 되 물러진다"는 말이 생겼나 보다.

'왜 그럴까' 하고, 어느 해 산기슭에 박 한 붓을 놓고 늦가을에 가보니 풀한테 잡혀 겨우 박 한 덩이가 열린 채 덩굴까지 말랐다. 그 박을 삶아 보니 예전에 보던 박처럼 결이 곱고 단단했다. '아하! 국수나무가 청정지역 지표수이듯, 바가지가 맑은 공기를 좋아하나 보다!' 그래서 요즘 박은 겉은 고운데 속이 거칠어, 누구를 선뜻 부를 수가 없어 몇 해째 박 농사가 시들해졌다.

처음 살림을 할 때 물기가 남는 칼도마·행주·바가지까지 장독대에 널어놓고, 당글당글하게 마른 그것들을 거둬들이는 맛을 즐겼다. 그러다가 어느 때부터 '나일론 바가지'가 나와 '일 한 가지 덜었다'고 즐겨 썼다.

쓰던 나일론 바가지가 깨졌다. 지구가 더워 간다고 곳곳에서 아우성이다. 온 겨레가 '나일론 바가지' 말고 '박 바가지'를 쓴다면? 하는 생각을 해 본다. 그러기도 어렵겠고, 지구를 살리기에는 턱없는 일이겠지만, 나는 더는 나일론 바가지를 사지 못했다. 마른바가지를 물바가지로 쓰고 바로 엎어 말리긴 그리 어렵지 않다. 손 가볍고 손에 착 붙는 맛이 새삼 좋다.

겸손한 성품, 푸짐한 덕을 베풀고 자취 없이 자연으로 돌아가는 이것들.

네게 이끌리는 이 마음은 '자연이란 한줄기'에서 숨탄것이어서일까!

설 빔

　우리가 아이들을 기르던 때는 만들어 놓고 파는 옷이 풍
성하지 않았다. 명절엔 옷 가게를 맴돌아 봐도 '이 옷이다'고
점찍을 옷이 없었다. 양복점 유리창 안에 걸린 어느 소년의
맞춤옷이 내 마음을 사로잡았다.

　옷 가게를 다시 한 바퀴 돌아보고, 집에 와서는 직접 만들
어 보기로 했다. 입지 않고 자리 차지만 하는 헌 옷들을 와
이셔츠며 넥타이까지 바느질 실밥을 두루 뜯어보았다. '양복
앞판에 넣은 심 가장자리는 얇고 질긴 천을 덧대어 시접을
삼았으니, 오래 입어도 흐트러지지 않고 그대로였구나!' 바
느질하는 차례며 바느질법을 짐작해 나갔다.

　바느질 밥을 뜯어낸 옷감은 빛바랜 옷감인데도 안팎을 바
꿔 놓으니 새것 같다. 준비한 천의 성질과 빛깔에 어울릴 옷

감 몇 치를 뜨고 눈에 들어오는 단추도 샀다.

헌 천으로 원판을 뜨고 새 천으로 깃과 호주머니, 소매 부리를 꾸몄다. 꼭 짚이는 실력이 없었으니, 시접 부분을 넉넉히 남겨두고 꿰매다가 아이에게 입혀보고 크면 잘라내고, 한 군데 꿰매고 또 입혀보고, 또 잘라내고…….

막내가 초등학교에 들어간 해였던 듯하다. 큰아들 오버는 아빠 헌 오버로, 둘째는 엷은 천에 심을 짱짱하게 넣은 내 오버로, 셋째는 아빠 윗도리가 오버 길이가 됐다. 앞판은 겹으로 여며 두 줄 단추에 허리띠를 두른 긴 오버로 아들 셋을 꾸몄다. 털실모자 하나씩 사는 것으로 설빔을 마무리했다.

하루는 중학교 일 학년 큰아들이 투정이다.

"엄마, 저는 명절에 설빔, 추석빔을 장만하는 풍습이 있는 줄을 몰랐어요. 오늘 국어 시간에 처음으로 그런 풍습이 있다는 걸 알았어요."

"아니, 명절에는 언제나 예쁜 옷을 입혔는데?"

"그것은 보통 때 입는 옷이었고요."

하고 따진다. 아이들 설빔 추석빔으로 무던히도 밤잠을 설쳤건만, 그때는 아들이 너무 어려 그걸 미루어 생각할 줄 몰랐나? 나는 생각지 못한 아들의 투정에 어이없어하다가, 아들 편에서 생각해 봤다. 옷은 미리 만들어 농 속에 넣어두고, 대목엔 어미는 언제나 큰집에 가서 제사에 쓰일 음식거리(제수)를 장만하느라고 집을 비웠으니…….

젊은 시절에는 큰집에서 치르는 큰일이 내 삶에서 가장 큰 일이었다. 조카들 혼사 때에는 며칠씩 큰집 일에 매달리다가 아이들 앞에서 허둥대던 어느 날 큰애가,

"엄마, 저는 장가 안 갈래요."

"그게 무슨 소리?"

"엄마가 바쁘시잖아요."

하고 '요' 자에 힘을 주었다. 엉뚱한 말에 웃음을 흘렸지만, '그래, 아들에게 명절 풍습도 제대로 알지 못하도록 살았으니…….' 할 말이 없다.

아들의 설빔 투정이 그립다.

내 동무 귀련이가 동대문 시장에 들르는 때엔 제 옷감을 뜨고 가끔 내 옷감도 떴다.

"하도 싸서 주서 온 거야." 하며 내밀었다. 주울 옷감이 어데 있으랴? 내 맘까지 헤아리는 고마운 동무다. 동무 덕에 늘그막엔 헐렁하고, 매듭이 적은 옷을 만들어 입는다.

설빔인 양 즐겁다.

속 좁은 사람들

파마머리를 다섯 손가락으로 헤아릴 만큼 한 것 같다. 고등학교에 다닐 때는 머리를 두 갈래로 길게 따 내렸다. 그 뒤로는 긴 머리를 위로 올렸다. 한 동무의 성화로 긴대로 파마를 한 번 했다.

애 엄마가 된 뒤 머리 감당이 어려워 짧게 파마를 했다. 그때는 지금처럼 약으로 간단하게 하는 것이 아니었다. 머리를 돌돌 말아 묶어 양철 곽을 씌우고, 그 사이에 숯불을 피워 끼웠다. 불기가 세면 뜨겁고 머리칼도 타고, 불기가 약하면 더뎠다. 아침 일찍 서둘러도 저녁때에야 풀려났다. 나는 그 지루한 시간을 참아낼 수가 없어서 그 뒤부터 파마를 하지 않고 넘기는 머리 손질법을 내 나름으로 챙겼다.

머리를 짧게 자르고, 머리를 감고, 물기를 닦아내고, 초벌

빗질을 해 둔다. 머리칼에 손가락을 넣어봐서 머리칼이 가슬가슬하면, 거울을 보며 머리 모양을 내 맘에 맞게 잡고 빗질을 여러 번 한다. 빗질을 하다가 물기가 많다 싶으면 조금 쉬었다가 다시 빗질을 한다. 그러면 머릿결이 바로잡혀 거리낌 없이 하루 이틀을 지낼 수 있다.

머리를 자르는 데는 마음 쓴다. 미용사의 솜씨가 맘에 들면 거리를 따지지 않고 이사하는 대로 따라다닌다.

어느 날의 일이었다. '쨍그랑' 유리 깨지는 소리와 함께 미용사의 두 손에 두 학생이 붙들려 끌려왔다.

"여학생이면 여학생답게 걸음걸이를 얌전히 할 것이지, 희희닥거리다가 문짝도 못 보고 유리를 깨?" 몇 학년 몇 반 몇 번 누구누구야?"

눈 절에* 일어난 풍파였다. 학생들이 겁에 질려 가물가물 이름을 댄다. 적기를 마친 미용사는 유리점에 전화를 걸어 가로세로 얼마의 '바깥문' 한 칸의 유리 값은 얼마냐 묻고 바로 끼워줄 것을 부탁한다.

따지고 보자면 학생들만을 나무랄 일이 아니었다. 여름이라 여닫이문이 닫히지 않도록 막대기로 받쳐 집 밖 길로 열어놓은 주인의 잘못도 있었다.

우리 어릴 때는 큰 장항아리를 깨도 애들에게는 값을 물리지 않는 풍습이 있었다. 앙칼 부리는 주인이 낯설어 주인에게 앞뒤를 따져 말하지 못한 채,

'다시는 이 집에 드나들지 않으리라' 돌아선 나도 따지고 보면 속 좁은 사람이 아니겠는가?

주인에게 잘못의 먼저고 나중을 챙겨 말할 도량이 생긴 것은 이미 길을 나선 뒤였다.

♣ 눈 절에: 눈을 감았다 뜨는 것 보다 짧은 시간

자은섬

열세 살 아래 동생이 서두른 두 언니 모시기 여행이다. 목
포에서 압해대교를 타고 내려가, 송공리 포구에서 점심은
낙지전골로 먹고, 배에 차까지 싣고 이십오 분 거리인 암태
섬에 내렸다. 암태섬과 자은·안좌·팔금 네 섬이 다리로 이어
졌다. 먼저 들어간 가장 큰 자은섬에는 물건을 살 농협도 있
고 밥집도 몇 집 있었다. 동네에 큰 느티나무가 있는 곳이
파출소이고 그 옆 깔끔한 집에서 이틀 밤을 묶기로 정했다.

어느 집이나 집 옆에 비닐집 한 채씩이 있으나 나무새를
기르지는 않고, 거둬들인 곡식을 고르거나 말리는 곳으로
쓰는 듯, 씨로 쓸 마늘씨를 쪽 갈라 포대에 담아 볏섬처럼
쌓아 놓았다.

논농사도 잘 되고, 밭에는 양파와 마늘을 캐고 심은 듯,

콩·팥·녹두·조·큰 파 들들 어린 싹이 나풀거린다. 육지는 장마철인데 이 섬에선 전기 힘으로 물줄기를 뽑아 어린 파밭을 적신다. 집집에 담장이 없고, 도둑이 없단다.

분계 해수욕장 골판자길이 이끄는 곳에는 무척 큰 곰솔 몇 그루가 서 있었다. 여자 몇이 깔깔거리며,

"부부 사이가 뜸한 사람은 이 소나무를 한번 안아보고 가시오. 사랑이 절로 샘솟는답니다."

하는 소나무 밑둥은 우리 세 사람이 모두 팔을 벌어도 손끝이 맞닿지 않을 몸통이다. 올려다보니 사람 키를 훌쩍 벗어난 높이에서 두 갈래로 갈라졌는데, 알몸으로 물구나무선 통통한 여자 다리 형상이다. 소나무와 바다 사이는 둔덕이 졌는데, 그 아래는 흰 모래톱이 곱고 깨끗하다. 아직 철이 일러 물에 들어갈 마음은 없다.

다음 날 네 섬을 넘나들며 횟집을 찾으니, 자은도와 암태도를 잇는 '다리' 밑에 꼭 한 집뿐이다. 마침 민어가 제철이다.

안좌도의 '길나무'는 굴거리나무 비슷한데 잎이 그보다 조금 작고, 동백처럼 반질거려 정겹다. 나무 자라는 모습과 나무 몸통을 보고 '무슨 나무가 이리도 예쁠까! 이런 나무를 보고 사는 사람들은 즐겁겠다.'는 생각을 하며 곁을 몇 번을 지나고서야 '우리나라의 참 후박나무다!'는 생각이 스친다. 반가워서 차에서 내렸다.

"네가 참 후박나무구나." 하며 내 가슴 높이에서 두 뼘을

벗어나는 나무 몸통을 어루만졌다. 붉은빛이 도는 꽃자루에 굵은 콩만 한 열매가 많이 열렸는데 아직 파랗다.

'이 많은 열매를 맺기엔 얼마나 많은 꽃을 피웠을까?

그 향내는 또 얼마나 진동했을까?'

여행은 '나를 찾기 위한 길 떠남'이라더니…… 보고 싶어 했던 우리나라의 '참 후박나무'가 있는 곳에 가서도, 내 집의 '개 후박나무'만을 생각하고 돌아온 셈이다.

이 허통함이여……!

놀이마당

　나는 아들 셋을 쪼르르 기른 덕으로 아홉 살에서 네 살 사이 손녀 손자 여섯을 두었다. 큰아들만 가까운 곳에 살고 둘은 멀리 산다. 아들 셋이 다 같이 모이는 날이었다. 아무 생각 없이 셋째 아들네 막내를 업었다. 잘 놀던 큰아들 막내가 벌에 쏘인 듯이 땀을 뻘뻘 흘리며 운다. 아무리 달래도 기를 쓰고 운다.

　"어미야, 얘가 왜 운다냐?"

　하니 큰며느리는 나를 보고 피식 웃으며

　"어머님, 그 애는 제 할머니인 줄만 알았다가, 어머님이 명희를 업어서 그래요."

　"오! 그랬어."

　하고 얼른 업은 아이를 내려놓으니 그제야 울음을 그친다.

그때부터 다 같이 모이는 날은 나는 중립을 지킨다. 그러려면 다 같이 할 수 있는 놀이를 해야 한다. 모두 두 다리를 나란히 뻗고,

"한네 만네 너의 삼촌 어데 갔니?"

"개똥밭에 품앗이 갔다……"

노랫말이 막히는 대목은, 아이들 이름을 넣어 줄거리를 엮어갔다. 그다음 모임에는

"쎄쎄쎄 아침 바람 찬 바람에 울고 가는 저 기러기……"

를 부르며 손춤을 가르쳤다.

다음에는 편을 갈라 장작윷을 놀았다. 마 쓰기가 어려웠던지 몇 번을 놀아도 싫은 기색을 내지 않았다. 다 같이 모이는 날이 돌아오면, '무슨 놀이를 할까' 미리 생각해두어야 했다. 내 어렸을 때 기억을 더듬어 숨바꼭질, 공기놀이, 수건돌리기를 해봤다. 한번은 밖에서 하던 땅뺏기를 방에서 할 수 있게 만들었다.

두꺼운 모조지를 온지로 사왔다. 편을 둘로 가르고, 종이 맞모금* 두 꼭짓점에 두 편 대장이 제 뼘을 대고 줄부채 꼴 모양으로 집을 지었다. 집 깊숙이 숨은 마를 저편에서 엄지와 검지로 세 번까지 튕겨, 안에 숨은 마를 맞추면 한 뼘씩 땅을 넓혀 나갔다. 저희들 땅을 넓혀가는 맛에 아이들은 한동안 하나로 묶였다.

지난해부터 내 놀이 밑천이 바닥이 나서 "너희들은 무슨

놀이를 하냐?"고 물었다. 이런저런 놀이가 나왔다. 그 안에 고무줄놀이도 있었다. 노랫말만 다를 뿐, 옛날 그대로였다.

내가 초등학교에 다닐 때 아침마다

"학교에 가면 고무줄넘기는 절대로 하지 마라. 여자는 다리를 거들먹거리는 법이 아녀."

하시는 할아버지 앞에서 고개 숙이고 아무 말 못 하는 나한테, 할아버지는 꼭 대답을 받아 내고서야 인사를 받으셨다. 학교에 가면 애들은 고무줄부터 펼쳐 들었다. 뛰고 싶은 마음은 굴뚝같았지만 할아버지 다짐은 내 오금을 굳게 했다.

"이 병신아, 집에 가서는 안했다고 하면 그만이지."

그래도 내 다리는 굳은 채였다.

어릴 때 슬펐던 기억을 손자들과 고무줄을 넘으며 조각조각 날려 보냈다.

올 한가위에는 마땅한 놀이 준비가 없었다. 바쁘다는 핑계로, 먼저 너희끼리 놀이를 해보라고 일렀다. 맨 위인 손녀가

"우리 학교놀이 하자"

고 말하자

"그래", "그래"

하며 여섯이 쫑긋거린다. 이어 동갑내기 사촌에게

"우리 둘이 선생님이라고 하자."

는 말에 모두 뜻을 같이 했다.

먼저 남자 선생님이 시간표를 발표했다.

"첫째 시간은 제 소개. 둘째 시간은 '말로써 베푸는 어린이 이야기', 셋째 시간은 운동 시간, 넷째 시간은 시장 놀이, 다섯·여섯째 시간은 그림 그리기, 맨 마지막 시간은 이바지 시간*입니다."

말이 끝나자 모두 "예" 하고 대답한다.

여 선생님이 먼저

"저는 서울 '송화초등학교' 삼학년 손유진입니다."

"저는 전주 '인후초등학교' 삼학년 손지형입니다. 오늘은 여러분의 선생님이 되었습니다. 모두 제 소개를 하십시요."

하자 스스로 위아래를 챙겨 제 소개들을 한다.

"전주 '크레용유치원'에 다니는 손지원입니다."

"서울 '국제유치원'에 다니는 손영인입니다."

"서산 '아기 스포츠단'에 다니는 손동원입니다."

이어 막내까지 차려! 하고 서서 제 이름을 또렷이 대었다.

소개가 다 끝나자, 두 선생님이 번갈아 하는 '말로써 베푸는 어린이 이야기'* 차례다.

"어흥, 호랑이가……"

익살스런 얼굴과 손짓에 초롱초롱 눈망울들이 모였다. 부엌에서 일을 하는 나와 제 어미들은 말을 잊고, 잇달아 놀이마당을 훔쳐봤다.

"다음은 체육 시간입니다. 선생님이 먼저 앞구르기를 합니다."

　말이 끝나자 거실 걸상 등받이 위에 두 손을 짚고 훌쩍 재주를 넘었다. 이어 동생들이 차례로 넘었다. 막내는 선생님한테 도움을 받았다.

　"다음은 시장 놀이 시간입니다."

　자연스럽게 물건을 파는 아저씨, 물건을 사는 아줌마, 혀 짧은 소리를 하며 무엇을 사달라고 떼쓰는 동생, 달래는 언니, 심부름꾼 오빠, 한바탕 부지런히 서둘더니 장난감 먹을거리를 장난감 밥상에 놓고 모두 둘러앉았다. 제 어미들이 장난감 밥상에 새참거리를 놓아준다.

　"다음은 미술 시간입니다."

　종이 한 장씩을 받아들고, 이 구석 저 구석에 흩어져서 무엇을 부지런히 그렸다. 먼저 그린 쪽에서 술렁거렸다. 그런 기운(분위기)을 남자 선생님이 추스른다. 다 그린 그림을 걸어 하나하나 보여주며 한참 웃고 떠들었다.

　남자 선생님이

　"마지막 시간은 이바지 시간입니다. 할머니네 집 쓰레기를 주웁시다."

　하자 개미떼처럼 쓰레기를 물어 나른다.

　참으로 의젓한 선생과 학생인 것에 나도 놀랐고, 제 어미들도 새로운 모습을 보여준 제 새끼들이 대견한 듯 얼굴들이 발그레하다. 우리 어렸을 때는 저렇게 꼼꼼하고, 똑똑하지 못했다는 생각이 든다.

'아무리 사회가 어수선해졌다 한숨들을 쉬어도, 어린애들은 새롭게 자라가고 있구나.'

누구에게랄 것 없이 고마운 마음이다.

나는 이듬해 추석 놀이를 생각하면서 '강강술래'를 익힌다. 춤사위도 좋거니와 매김말도 가락도 좋다.

'강-가앙-- 수-울래, 강-가앙-수-울래,
뛰어 보세 뛰어 보세, 업신업신 뛰어보세.
깊은 마당 얕아지고, 높은 마당 깊어지게.
먼데 사람 듣기 좋고, 곁에 사람 보기나 좋게.
몰자몰자 덕석 몰자, 비 온다 덕석 몰자.
풀자풀자 덕석 풀자, 볕 난다 덕석 풀자.
청청 청어 엮자, 위도 군산에 청어 엮자.
청청 청어 풀자, 위도 군산에 청어 풀자.'

옛 농군들이 참게타령을 끝없이 지어가며 이어 부르듯이, 나도 애들 눈높이에 맞는 긴 노랫말을 끝없이 지어 강강술래에 맞춰 놓으리라.

✽ 맞모금: 대각선

✽ 이바지 시간: 봉사 시간

✽ 말로써 베푸는 어린이 이야기: 구연동화

어느 졸업식

독일 호크슐레 대학교 강당 로비는 한가운데에 받침 기둥만 한 줄로 족 서 있고 텅 비었다. 받침 기둥 밑 주추엔 대리석으로 치장했다. 간단한 잔칫상도 되고, 사람 엉덩이를 편히 붙일 만해서 잠시 쉬어가는 의자도 되는 자리란다. 앞 현관의 계단과 문은 화려하고 조화로운데, 뒷문은 작품을 나를 때 차를 바로 댈 수 있는, 밋밋한 넓은 문이 잘 어울린다. 유달리 높은 보꾹*은 바닥과는 달리, 기찻길 같은 쇠줄이 몇 줄씩 나란 나란히 줄 서 있기도 하고, 네모를 이루기도 했다. 그리고 여러 모양의 등들이 촘촘히 박혀 있다. 내가 '강당' 안을 살피는 것을 보고, 그곳에서 사는 동생은 이 건물은 공모전에서 뽑힌 이 학교 학생의 설계도대로 지었다고 귀띔해 준다. 뒤에 그 학생은 이 학교 교수로 뽑혔다는 말도 덧붙였다.

보꾹의 쇠줄을 주춧돌 삼아 네모로 잡으면 아늑한 방이 되고, 길게 나란히 두 줄을 주추 삼으면 굴이 된다. 전시하는 사람 마음에 드는 자리를 잡아 전 벌일 방을 만들고 작품전을 연다.

오늘은 실내건축공학을 전공한 딸 졸업작품전이 열리는 날이다.

'한국 맛이 나는 마른 먹을 것을, 두어 가지 만들어 달라'는 당부와 함께 초대받은 시간은 저녁 일곱 시다. 점심을 먹고 서둘러 갔더니 딸은 없고, 작품만이 사람을 기다린다. 보꾹 쇠줄을 주추 삼고, 왼쪽 오른쪽에 똑같은 간격으로 합판 여덟 장씩이 벽을 이뤘다. 그 벽에는 전지 크기의 도면과 사진들을 붙였다. 마주 보는 두 작품 사이에 큰 책상 두 개가 놓였는데, 한 책상에는 두 손으로 들어 올리기가 벅찰 만한 도본과 건축자재 표본이 놓였다. 다른 책상에는 집을 다 지은 모형을 하얀 스티로폼으로 만들어 사뿐히 놓았다.

멀찍이 떨어진 곳에는 네모진 전시 방을 만들어 어느 학생이 평가를 막 끝낸 모양이다. 물건이나 사람은 없고 작품만이 네모를 이루고 있다. 이 작품은 딸 것과는 아주 다른 것인데도, 딸 것하고 견주어가며 보는 재미가 있다.

이곳은 졸업식 날이 따로 있는 것이 아니라 공부를 마치는 학생이 한 학기 앞서 교수와 졸업할 날을 잡는다. 그날이

오면 준비한 작품을 전 벌여 놓고, 제가 보아주기를 바라는 손님들을 부른 자리에서 교수의 평을 받는다. 네모 모자 쓰고, 졸업 두루마기 한 번 입어보지 못하고 한 사람씩 졸업식을 하는 셈이다.

모신 손님 서른 사람쯤이, 두 교수와 어울려 작품을 부지런히 살펴보고 있다. 시간이 되자 딸은 모인 사람들에게 인사하고 차례차례 작품 얘기를 해 나간다.

첫 장은 '하노바' 중심 거리에 있는 어느 건물 사진이다. 140년 앞서, 어느 부자가 딸 결혼 선물로 주기 위해, 그때로서는 이름난 건축가 오토 괴츠(Otto Götze)의 솜씨로 '영국식 네오고딕' 모양으로 지었다. 지금은 지방문화재로 지정받은 시청 귀속재산이고, 도로공사 사무실로 쓰고 있단다. 문화재를 관리할 새로운 주인을 찾는다는 말을 듣고, '문화재'로 지정한 곳은 손대지 않고 건물 안과 꽃밭을 고쳐 차림표가 서로 다른 여러 나라 음식점들이 모여 있는 '모둠 음식점'을 어림 생각한 도면이다.

'문화재'로 지정 받은 부분은 '바깥벽'하고, '건물에 무게를 싣지 않고 홀로 서있는 안 계단'이라고 한다. 그릇들의 모양과 펼쳐놓을 자리 모양까지 꼼꼼히 곁들였다.

먼저 이 건물과 둘레 건물들을 견주고, 여기에 둥지 튼 사람과 뜨내기는 얼마쯤이고, 교통편들을 얘기해서, 이곳에 이런 레스토랑이 버텨낼지 하는 상품 값부터 교수진이나 들는 사람들한테 인정받아야 한단다. 두 입술이 붙을 사이 없이 도면 설명을 해나가는 동안 꿀벌 떼의 움직임같이 그를 따라 뭉쳐 움직이는 사람들 얼굴이 참스럽다. 두 교수의 "그렇구나" 하는 듯한 고갯짓과 표정도 그랬다. 기침 소리 하나 없다.

한 시간 남짓 설명이 끝나자 한 교수가

"지금은 비록 허름한 건물이지만 그렇게 변신한다면 왼쪽 오른쪽 건물하고도 잘 어울리고, 이 지역 인구가 모이는 도시 한복판이고, 교통도 좋아 승산이 있다고 판단한다. 이 허름한 건물을 놓고, 나도 못한 이런 생각을 해냈다니 놀랍다."

라고 칭찬을 하자 손뼉 치는 소리가 요란하다.

다른 교수는 내부 계단 옆에 새로 설계한 엘리베이터를 가리키고 있다. 문화재인 내부 계단이 다치지 않도록 하려면 부득이 계단을 그렇게 돌릴 수밖에 없었다는 딸의 말에, 교수는 아주 훌륭한 생각이고 훌륭한 설계라고 칭찬 먼저 하고, 손뼉 소리가 멎기를 기다렸다가

"짜인 자리에 새로 세우는 엘리베이터가 답답한 느낌을 줄 수도 있다. 이런 약점까지 다 들춰 얘기할 것이 아니라, 이런 설명은 건너뛰는 재치도 있어야 한다."

며 학생의 생각은 어떠냐는 듯이 딸의 눈을 바라보자, 딸은 얼굴이 붉어지며 '좋은 수(good-trick)'라고 대답한다.

빙긋이 웃는 교수에게 "다음에는 그렇게 하겠습니다."고 말을 하자, 큰 웃음이 한꺼번에 터져, 나는 딸이 실수라도 했나 싶어 이 사람 저 사람 눈치를 살폈는데, 그런 것 같지는 않았다. 나중에 들으니 거기 모인 사람들은 이날 딸이 졸업할 거라 믿는 터라, '다음'이란 말에 웃음이 터진 거라고 한다. 손뼉 소리가 길게 이어지는데 교수들이 물러갔다.

교수들이 이렇게 웃으며 보는 때는 아주 드물다며, 모인 사람들은 점수가 궁금해 술렁거렸다. 오늘 졸업을 못하면 다시 작품전을 열 수 있고, 두 번째에도 인정을 못 받을 때엔 학위나 수료증도 없이 학교를 물러나야 한다고 한다.

점수 제도는 만점이 '1' 점이고 미치지 못할수록 점수가 늘어난다고 한다. '1', '1.3', '1.7', '2', '2.3', '2.7' …… '4'점까지 석사학위를 받을 수 있고, 4점을 벗어나면 졸업을 못한다고 한다.

술렁술렁 하는데 교수실에서 딸을 부른다는 전갈이 왔다. 모두 마음을 졸인다. 조금 뒤 돌아오는 딸은 얼굴이 빨갛다. 딸은 금세 사람들에게 에워싸였고 모두 딸 입만 바라본다.

"작품 설명에서 감점을 받았어요. 말이 막혔을 때 정중히 사과하지 않고 살짝 웃고 넘긴 때가 두 번 있었다고 하네요!"라고 입을 연다. 우리나라는 가벼운 사과는 웃음으로 대신하기도 하는데, 그들은 깍듯한 사과를 바라는 정서 차이가 있나 보다. '작품이 좋아 그냥 보내기가 아깝다고, 장소를 바꿔서 전시를 한 번 더 열고 가라'고는 하면서도 점수는 '1.3'을 주더라고 아쉬운 표정이다. 그 말이 떨어지자 축하의 함성과 손뼉 치는 소리가 넓은 강당을 꽉 매웠다.

아쉬워하는 딸 옆에는 어느 사이엔지 교수 몇 분이 다가와 웃고 있다.

딸은 그제야 제가 꾸려온 술 몇 병을 가운데 주춧돌 위에 내놓으며, 내게 부탁한 음식을 달라고 한다.

말랑말랑한 곶감 한 접시, 시금치와 당근 빛으로 물들인 찰떡 안에 팥 소를 넣어 만든 호떡을 편편이 한 접시, 껍질 벗긴 참깨강정 옆에 검은깨강정을 놓아 한 접시, 김밥 한 접시, 만두 한 접시 놓고, 흰 살 생선, 붉은 새우 살, 파, 당근, 피망, 호박 들을 다져 만든 전 옆에 애호박전 곁들인 접시엔 양념 간장을 딸려 내놓았다. 길둥근 꼴* 접시가 쟁반만큼 크고, 똑같아 볼품이 괜찮다.

두어 가지만 부탁한 딸이 놀라는 눈치다. 그리고 마른 과자 한두 봉지에 익숙한 그들은 더 놀라는 얼굴들이다. 교수, 학생, 손님, 모두 술 한 잔씩을 받아놓고 '포크'가 있는데도 '포크'를 드는 사람은 드물고, 손가락으로 음식을 집어먹으며 즐거워한다. 겉치레 없이 소탈함이 부러웠다.

그 사람들은 어디에서나 술잔을 바라보는 재미를 누리는 듯, 술잔 앞세워 이야기하는 재미를 누린다. 전에 손이 가장 많이 가고, 떡 안에 든 팥소는 무엇인지 물어본다. 독일엔

팥으로 된 음식이 없단다. 감나무가 없는 나라답게 곶감엔 아예 손이 가지 않다가 딸이 곶감을 알려주고부터 먹는다.

우리 풍습으로는 아주 초라한 잔친데, 따스하고, 기쁨이 넘치는 큰 잔치였다.

✽ 보꾹: 천장

✽ 길둥근 꼴: 타원형

탑골공원

　어느 집을 찾으려 이정표에 눈을 주고 걷는 참이었다. 돌로 울대를 세우고, 속이 환히 들여다보이는 담장을 두른, 아담하고 정갈한 이곳이 어딜까? 살펴보니 '파고다공원'이란다. 초등학교 때부터 익히 듣던 이름인데 한 번도 찾은 일이 없었던 곳이다. 횡재한 듯하다. '볼일이 끝나면 한 번 둘러보련' 마음을 정하니 찾아갈 집이 어느 만큼에 있는지 갑자기 궁금해져 길을 물었다. 걷기엔 너무 멀다고 택시를 타란다.

　시골길에서 길을 물으면 오 리 길도 금방이라 하고, 십 리 길도 금방이라고 해서 애를 태웠던 일이 생각난다. 그런데 도시에서 길을 물으면 오 분 거리도 멀다 하고, 십 분 거리도 멀다고 했던 생각이 나서 걷기로 마음먹었다. 이 길로 되

돌아올 것을 생각해 길눈이 무딘 나는 금을 긋듯 길을 꼼꼼히 새기며 걸었다. 찾는 집은 십 분 거리도 채 안 되는 거리에 있어 볼일은 쉽게 끝냈다.

되돌아가 공원에 들어서니 '알림글'부터 눈에 들어온다. '3·1운동'이 일어난 곳이니 공경하는 마음으로 조심스럽게 구경하라는 것과 울안이 좁으니 여러 사람이 둘러볼 수 있도록 한 사람이 한 시간 넘게 머물지 말라'고 했다.

선 자리에서 울안이 한눈에 들어온다. 길은 담을 따라 좁게 한 바퀴와 가운데로 넓게 나 있다.

나는 오른쪽 담 옆길에 들어섰다. '화강석'으로 밑단과 둘레에 테두리를 두른 검은 돌에 〈독립선언문〉과 서른세 사람의 이름을 오목새김 했다. 한글판과 영문판 사이에서 학교 다닐 때 배운 바 있는 "오등(吾等)은 자(玆)에……"란 한글과 중국글자가 섞인 원문에서 눈이 멎었다. 거기서 조금 비껴 앞에는 손병희 선생의 동상이 우뚝 서서, 3·1운동의 기운을 되살린다.

동상 뒤로 '국보 제3호'란 표지 돌이 앞에 나와 섰고, 그 뒤로 세조 11년에 원각사를 지은 기념으로 성종 2년(1471)에 세웠다는 비석이 아담한 기와집에 들어서서 해가림, 비가림을 한다.

3·1운동 뒤로, 일제는 이 공원을 없애 버렸다. 민가가 들어섰던 흔적으로 우물을 예대로 살려 놓았다.

'만해 용운당 대선사비'를 세우고, 박종화 님의 3·1정신을 기리는 긴 글을 까만 돌에 오목새김 했다. 그리고는 3·1운동을 불씨로, 4월 사이에서 벌어졌던 가장 끔찍한 일들을 돌에 돋새김하여 설명을 곁들였다.

어느 곳인들 끔찍하고 슬프지 않은 곳이 있으랴마는, 해주에서 기마병의 말 꼬리에 처녀의 머리채를 묶어 질질 끌고 가는 꼴에서는 머리끝이 서서 고개를 돌리고 말았다.

'이러고도 일본사람은 문화국민이며, 이렇게 일본에 당하고도 정치하는 사람은 서로 헐뜯기에 정신을 빼앗길 수 있단 말인가?'

나라 일을 하는 이들은 '이 분들이 벌떡 일어나 따귀를 때리고 싶은 사람은 내가 아닐까?' 하고 이 의로운 거울에 가끔 비쳐봤으면……

중앙 쪽으로 발길을 돌리니 크나큰 유리 집에 세조 13년 (1467)에 세운 국보 제2호, '원각사지 십층돌탑'이 우뚝 서서 울적한 마음을 달래준다.

세 층의 기단 위에, 네 채는 크고, 네 채는 작은 여덟 채의 집체가 저마다 추녀를 드리우고 한 몸을 이루었고, 층 위로 난간을 두르고 똑같은 두 번째 집체가, 또 난간을 두르고 세 번째 채가 있는데, 세 번째 추녀는 두 겹 추녀를 두었다. 그 위로는 네 벽면으로만 된 일곱 층의 탑 몸이 저마다 추녀를 드리웠다.

어쩜 이렇게 어느 한쪽으로 치우침 없이 쪽 고른 네모뿔일까?

한 층에서 세 층까지는 층마다, 크고 작은 벽면이 스무 면씩이다. 그 많은 벽면에는 빈틈없이 편안하고, 도타운 사랑과 정이 넘치는 부처의 그림으로 가득하다. 외돌고, 바로 돌아도 실증 없고, 헤아릴 길 없는 벅찬 감회다.

공원 한가운데에 있는 여덟 각 정자는 '대한제국 황실 음악연주소'다. 새로운 공법으로 지었다는데 단청은 예대로 했다. '황실'이란 거창한 이름을 달았으나 알속은 빼앗기고…… 구멍 뚫린 배 위에서 겅중거리는 헛것들이 보인다.

가운데 길을 비껴 직경 2미터, 높이 30미터라는 푯말을 단 회화나무 아래에 섰다. 그때의 끔찍한 참상을 생생하게 바라보았을 오직 하나 목숨부치다. 얼마나 하고 싶은 말이 많으랴! 다시는 험한 꼴을 보지 말라고 빈다.

담장을 벗어나서도 내 눈길은 십층돌탑이 든 유리 집에 머무는데, 무엇인가 발길에 걸린다. 비단, 면포, 명주, 종이, 모시, 어물을 사고팔던 곳이란 표지 돌인, '육의전터'가 그때의 장사꾼처럼 주저앉아 손님을 부른다.

햇볕이 그리운 늙은이나 길손만이 찾는 이 거리에서 너의 외침을 듣는 이가 너무 적은 듯하구나.

코스모스를 보며

방에서 부엌, 부엌에서 수돗가, 더 나가면 반찬 가게를 맴돈다. 어쩌다 기차나 버스를 타고 차창 너머로 들을 보면, 늘 '벌써' 하고 느낌씨*가 튀어나온다.

'벌써 모를 심었네!'

'벌써 벼가 팼네!'

'벌써 들이 비었네!'

늘 이런 모습으로만 철과 만나는 듯하다. 더구나 올해는 고등학교 삼학년 아들이 있어,

'여름방학을 잘 넘겨야 할 텐데.'

'체력장이 있으니, 예비고사가……'

하는 쪽으로만 마음을 곤두세워 가을 깊은 줄도 몰랐다.

오늘은 모처럼 버스를 타고, 들을 내다보니 또 '벌써'란

느낌씨가 절로 나온다.

잘 닦인 아스팔트 길 두 옆에 코스모스가 활짝 피었다. 달리는 버스 앞자리에 앉았으니, 내가 마치 귀한 손님이 되어 오방빛 기를 손에 들고 마중 나온 사람들에 둘러싸여, 받대접을 받는 사람 같아 얼굴까지 확 달아오른다. 누가 코스모스를 애틋하고 애처롭다 했는가? 이렇게 벅찬 기쁨인 것을……

내가 시골 초등학교에 다닐 때, 곱게 차려입은 우리 어머니가 교문에 들어서자 운동장에서 뛰놀던 아이들이 하나둘 발을 멈추고,

"누구네 어머니냐? 참 이쁘다."

하고 수군거리다가, 누군가

"영이네 어머니다."

는 말로 내 얼굴에 아이들 눈길이 모일 때도 이처럼 얼굴이 확 달아올랐지……

우리 어머니는 겉모습도 고우셨지만, 솜씨도 고우셨다. 우리 남매들 옷은 늘 가지런해서 둘레 사람들의 칭찬을 들었다. 그래서인지 우리는 우리 어머니가 으뜸이라고 생각하며 자랐다. 그런데 이제는 칫솔에 치약을 짜 드리며,

"어머니, 이 닦으세요."

하면,

"못혀"

하시며 닦아 달라고 이를 내미신다. 손도 발도 씻겨 주기만 기다리시는 어머니.

우리가 앞으로 넘어져도 어머니 손이 받쳐 주시고, 뒤로 넘어져도 어느새 어머니 손이 받쳐 주시던 때가 있었듯이, 이제는 거꾸로 어머니가 어린애시다.

저 꽃이 지고 잎이 마르고, 앙상한 가지만 남아도 이런 기품을 기억해 줄 사람이 있을까?

곱던 우리 어머니를 남들이 이제 검버섯 난 늙은이로만 보듯, 코스모스도 꽃 진 뒤 앙상한 가지로만 보지 말라고, 길게 보는 눈이 없는 우리를 지으신 분은 다음해에 또 이런 기쁨을 주시리라.

❀ 느낌씨: 감탄사

소방도로 나던 날

시장 가깝고 더 넓은 꽃밭을 갖고 싶은 마음이 앞서, 지적도만 보고 남향집을 꿈꾸며 집터를 샀다. 그런데 집터 앞길은 지적도에만 그어진 소방도로 예상 선일 뿐, 실제는 길 없는 벙어리 땅이었다. 소방도로가 나기를 열 해를 기다리고서야 예상 선에 든 땅 얼마를 사들여 드나들 길을 트고 지금 사는 집을 지었다.

도시 한복판에서 깊숙한 골목길은 흙길이다. 동사무소에서는 시멘트 포장을 해주겠노라고 땅 주인의 동의서가 필요하단다.

들길은 비 오는 날 걱정스럽고, 문간에 흙먼지 쌓이는 것으로 보면 얼른 동의서에 서명하고 싶다가도, "나라에서 예산만 내려오면 금방이라도 틀 수 있다"는 말에 끌리기도 하고, 다니기 '조금 좋자'고 몇 톤이 될지 모르는 시멘트 쓰레기를 만들다니…… 이것도 마음 편한 일이 아니었다.

정작 불편한 것은 흙길이 아니다. 가깝게 갈 길을 노상 돌아들고 나고, 택시 탈 일이 생기면 얼마를 걸어 나가야 하고, 택시에서 내려서 짐을 들고 또 얼마를 걷는 일이다. 그뿐이 아니었다. 자고 새면 몰래 버리고 간 쓰레기며, 볼일 보고 난 사람의 뒤치다꺼리는 우리 차지다.

길 한가운데에 디딤돌을 징검징검 놓고, 첫머리 전봇대는 날마다 나팔꽃으로 새로 단장하게 했다. 담장 옆으로 조르르 민들레, 까마중도 귀한 손님이며, 그 사이사이에 국화, 양하, 도라지, 밭꽈리들을 심고, 디딤돌 사이에는 잔디도 심었다. 먼지를 잠재우고, 길이 깎이는 것을 막으려는 마음이었는데, 잔디와 심은 것들이 잘 자라 시골집을 찾는 정겨움도 있고, 아늑했다. 이것들의 눈길을 받으며 드나드는 맛이 좋았다.

그러던 2000년 유월, 30년 기다리던 소방도로가 나던 날, 헐린 담장을 딛고 서서 터 다듬는 소방도로를 바라본다.

바른쪽은 거꾸로 돌아 한참을 가야 했던 교회와 상점들이 그냥 두어 집 사이 옆집이다. 교회 앞에서 남북으로 난 길은 예전엔 이 고장에서 가장 넓은 길이었다. 이 길을 가로 건너기만 하면 시장이다.

왼쪽으로는 넓은 새 길 '인북로'가 가로지른 것이 빤히 보인다. 이곳이 익산시는 말할 것 없고, 갈 곳 어디나 이웃이게 하는 시내버스 정거장이다.

그동안 헛길을 몇백 리 걸었을까? 시장에서 나른 짐과 아들들을 객지에 두고 물어 나른 짐은 얼마였으며, 힘겨운 한숨은 얼마나 쉬었던가!

20분 잡고 가던 기차역이 이제는 10분 거리다.

먼저 살던 집에서 시장에 가는 거리는 시내버스 한 정거장 남짓한 거리였다. 걷기로는 그리 먼 길이 아니다. 그런데 김칫거리라도 한 단 사는 날이면 한없이 멀고 어깨 빠지는 거리였다. 천원짜리 무 한 단 사고 짐꾼에게 삼천 원을 주었다

'시장 가까운데서 살았으면……'

하는 바람이 풀리는 날이다. 지난 세월이 새삼 아깝다.

일상의 한 자리를 차지했던 장보는 일이 이제 내 일상에서 빠졌다. 오며 가며 눈에 띄는 것을 달랑 들고 난다. 반찬거리를 사서 냉장고에 넣을 일이 줄었다.

골목길 하나가 트여도 눈에 보이는 세상이 이렇게 다르고, 헛걸음·헛고생이 없어졌다.

막힌 우리나라 땅 허리를 풀면 얼마나 달라질까?

2009년 3월 25일 일기

　글벗님네들과 충남 아산시 송암리 외암마을을 다녀왔다. 여느 관광지처럼 관광객을 위해 억지 비심거리를 만든 티가 없는 전통 마을이 고즈넉이 참모습을 자랑한다.

　'설화산'에서 흐르는 물줄기는 집집을 돌아 앞개울에 모이도록 다스렸다. 울안에서 맑은 개울물을 보며, 꽃밭에 심은 나무는 사람한테 방해 받지 않고 제가 타고난 대로 자랐다.

　나무에게 가위질해서 나무를 아프게 하지 않아도 어수선하지 않으며, 나무에게 나이 먹는 제 모습 보이고, 저도 나이 먹어가는 나무의 참모습 바라보며 나무와 이야기 나누며 나이 먹는 편안함이 얼마였으리…….

　타고난 대로 자라는 나무들로 뜰을 가꿔 '나무마다 제가 타고난 참모습을 보는 재미'를 누리고 싶은 '내 꿈의 뜰'이 거기에 있었다.

점심은 두부 한 접시에 파를 송송 썰어 넣은 집 간장이 얹어 있고, 김장김치를 포기째로 놓고 가위질해 먹도록 차렸다. 제대로 쑨 도토리묵을 채 썰어 멸치국물에 띄워 그 반찬에 밥 한 그릇이다. 값은 육천 원. 국수는 오천 원이었다. 값은 보지 않고 국수냐 묵밥이냐를 고르고 먹고 나서 보니 천 원 차이가 졌다. 묵밥 먹은 이들은 천 원씩 더 내라고 우스갯소리들을 했다. 남는 음식이 전혀 없는 깨끗한 빈 상으로 물렸다.

두부는 참으로 연하고 맛있었다. 내가 만든 두부와 다른 잔 맛의 차는, 나는 콩을 오래 담그지 않고 콩이 불면 바로 그 물로 콩을 갈아서 콩 빛과 맛을 살려 영양은 더 좋으리라 생각하지만, '콩을 맷돌로 갈고, 간수 대신 바닷물을 썼을까?' 추측해본다.

떠나기 섭섭한 마음을 콩비지 한 대접 비닐봉지에 담아주는 것으로 달랜다.

보는 것, 먹는 것이 다 참 그대로다.

'참'이란 얼마나 마음 편한가를 보여준 즐거운 하루였다.

독일의 공동묘지

    살랑, 스치는 바람이 살갗에 산뜻한 무늬를 놓고 달아난다. 이렇게 맑은 날씨는 아주 드물다는 독일의 한여름 날씨다. 한국은 지금 찌는 듯이 더울 텐데…… 여기는 한국의 가을 날씨다.

    곁님과 나는 동생 안팎의 번갈은 설명을 들으며, 벌판처럼 넓은 울긋불긋한 꽃밭에 들어섰다.

    "언니, 여기가 하노버 시립 공동묘지요." 한다.

    들머리엔 꽃가게와 비석을 만드는 자그마한 가게가 있다. 그 옆에 있는 큰 집을 가리키며,

    "이 큰 집에는 안치실과 영결식을 치르는 강당이 있어요." 한다.

    독일은 종교 나라라 신교나 천주교, 유태교 사람들은 거

의 자기들의 공동묘지로 가고, 종교가 없는 사람들은 시립이나 공립 공동묘지로 온다고 한다.

얼핏 보면 큰 꽃밭인데 반듯한 길이 바둑판처럼 가로세로로 나 있고, 꽃밭 하나하나는 다시 여러 작은 꽃밭으로 나뉘어 있다. 돌을 결대로 넓게 떼어서 그냥 세운 듯, 다듬은 흔적이 없는 검은 돌에 죽은 사람 이름과 나고 죽은 날을 새기고, 비석은 묏자리 맨 위에 세우고, 그 아래 묏자리는 온통 빛깔 고운 꽃들이다.

우리 풍속은 윗대와 나란히 누울 수가 없는데, 여기는 할아버지와 아버지, 아버지와 아들이 어깨를 맞대고 나란히도 쓴단다.

병원에서든 집에서든 의사가 '죽었다'는 진단서를 반드시 내려야 하고, 그 뒤 장의사는 시체를 영안실에 냉동 보관하고, 가족들은 장례 날을 잡아 신문에 어느 날 어디서 장례식을 올릴지 알린다 한다.

그날이 돌아오면 상주들은 검정 옷을 입고 문상 오는 손님보다 일찍 이 강당에 나와, 널*에 꽃 장식이 제대로 되어 있는지 살피고, 빈손으로 오는 손님이 있을까 봐 장미꽃도 넉넉하게 챙긴다 한다. 손님들은 검정 옷차림에 꽃 한 송이씩 들고 오거나, 맨손으로 오는 손님들도 상주가 주는 꽃 한 송이씩은 다 든다 한다.

정한 시간이 되면 목사나 신부는 죽은 이의 업적을 말하고, 죽은 이와 남은 식구들의 복을 비는 차분하고 기품 있는 미사를 드린다고 한다.

장지로 가는 데는 널을 맨 앞에 두고, 신부와 같이 온 사람들이 그 뒤에, 이어 상주들, 문상 온 사람들이 줄지어 서서 성가를 부르며 묘지까지 걸어간다 하고, 넓은 공동묘지에서는 묻힐 자리가 멀면 말이 끄는 마차나, 차편으로 묘지까지 모인 사람과 널을 싣고 가기도 한단다.

묘 쓸 자리에 닿으면 아주 가까운 사람이거나 아니면 돈으로 사든가 하여 여섯 사람을 정하고, 둘씩 짝을 지어 띠가닥을 마주 잡고 관을 받쳐 들어, 파놓은 묏자리 위에 머무르게 하고, 목사나 신부가 마지막 예배를 마치면, 널을 받친 띠를 천천히 다 내려놓는다. 그러면 신부나 목사는 "재는 재로, 먼지는 먼지로"라고 외면서 한 발 뒤로 물러서고, 식구 가운데서도 가장 가까운 사람이 먼저 준비한 모래를 꽃삽으로 떠서 널 위에 뿌리고, 손님들도 손에 든 꽃을 그 위에 던진다 한다.

"그러면 묘를 가꾸는 사람들이 이 위에다 흙을 조금 도도록하게 골라놓고, 강당에 세웠던 꽃들을 무덤 위에 세우면 장례는 끝나요. 갈 손님들을 보내고, 가족들과 남은 손님들은 집이나 식당으로 가서 커피와 빵을 먹으며 간 사람 평안을 다시 빌어주지요. 그리고 부자들은 이 자리에서 유언장을 열어보고 재산 싸움으로 끝내는 일도 흔히 볼 수 있는 모습이구요." 한다.

묘 관리 쪽과 정한 동안 내내, 식구들은 묏자리에 꽃을 심고 가꾸는 일로 죽은 이를 기리는데, 그 기한은 기본이 20년으로 돈이 따르는 일이라 아쉬움을 정한 기본으로 접고 마는 사람이 많지만, 그래도 아쉬움이 남으면 다시 원하는 만큼 기한을 더 늘린다고 한다.

마침 파놓은 구덩이가 있어 굽어보니 한 길이 넘을 깊은 땅속에 널 하나가 둘레에 한 뼘 여유를 누리고 반듯이 놓여 있다. 무엇으로 파기에 이렇듯 나무를 끌로 파낸 듯, 한 치의 흩어짐 없이 깔끔하게 팔 수 있느냐니까 동생은 "삽 되신한* 작은 포크레인으로 파요. 독일 사람은 벽돌을 쌓아도 자를 들이대는데요. 머." 한다.

빛이며 생김새가 다 다른 꽃에 취했다가 고개 들어보니, 둘레 담장이 보이지 않는다.

"야! 공동묘지를 둘러보는 사람에게 이렇게 즐거움을 주는 공동묘지가 있구나!" 하는 내 말에 동생은 "햇볕 바른 쪽에 동글동글한 한국의 묘, 얼마나 정답고 아름다운가요." 한다.

"하지만 산을 보면 꼭 기계벌레가 파먹은 머리같이 보기 싫고, 숲 망가짐이 얼마야? 독일처럼 기한을 정한 것도 아니고, 대대로 차곡차곡 쌓이는 묘 감당을 어떻게 할 거야?"

초등학교 다닐 때 공동묘지 옆을 지날 때마다 무서워 움츠렸던 생각을 하며

"우리나라 공동묘지도 이렇게 기한을 정하고, 식구들이 죽은 이와 이야기 하며 꽃을 가꾸면 좋겠다.

온 누리 키 작은 꽃이란 꽃은 다 여기 모였나 봐!"

♣ 널: 관

♣ 삽 되신한: 삽 크기보다 클까 작을까 하는

시조는 우리 노래

인간문화재 41호이신 석암 정경태 선생(1916~2003)은 열여섯 살에 시조창을 익히면서 스승을 좇아, 가사 가곡과 거문고·단소·대금들까지 익혀 정악에 통달한 뒤에는 정삿갓이란 이름을 얻을 정도로 골골샅샅을 돌아다니며, 고을마다 조금조금 다른 우리 가곡을 살피시어 1955년에서 1963년에 걸쳐 《가사보》를 가다듬어 내놓으셨다. 그리고 초보자들이 《가사보》 보기엔 너무 어렵다 생각하시고, 알기 쉽게 《두줄보》를 만드셨다. 《두줄보》가 서양음악의 다섯줄보보다 단순한 듯해도, 사람마다 제 감정에 따라 공력을 펼칠 수 있는 성음 자리가 있어, "소리의 아름다움을 나타낼 수 있는 길이여러 모양이다. 이것이 시조의 특색이다." 하셨다.

'우리 노래가 머무를 집'이 생겼으니 우리 노래를 싣자 하시고, 명륜대학에 계실 때는 제자들과 같이 그 시절에 부르던 우리 노래를 '두줄보'에 넣어 부르기 경연대회까지 열며 즐기셨다.

그런데 "우리 노래에 집이 생겼으니 우리 노래를 싣자." 하시던 그 어른의 뜻은 살리지 못한 채 우리 집에 머무는 나그네는 거의 중국글자말이다. 그렇지 않아도 쉽게 감정을 내뱉는 서양음악보다 감정을 은근과 끈기로 한층 격 높인 곡인 데다가, 노랫말까지 중국글자말(한자말)이라 쉽게 알아들을 수 없어서, 우리 노래가 우리에게 무척 어려운 노래가 되었다.

시조의 갈래는 평시조, 사설시조 들을 포함해 12개가 있는데 그 가운데 '각시조' 한 곡을 보기로 든다.

-첫 귀-
행궁견월(行宮見月) 상심색(傷心色)은 달 보아도 임의 생각,
야우문령장단성(夜雨聞鈴腸斷聲)은 빗소리 들어도 임의 생각
이로고나,

-가운데 귀-
원앙와냉(鴛鴦瓦冷) 상화중(霜華重)헌데, 비취금한(翡翠衾寒)
수여공(誰與共)고, 경경성하(耿耿星河) 욕서천(欲曙天)에, 고등
(孤燈)이 도진(挑盡)토록 미성면(未成眠)이로고나,

-끝 귀-

아마도 천장지구天長地久 유시진有時盡이로되, 차한此恨은
면면綿綿하여 무절기無絶期를.

이 노랫말의 배경은 시인 백락천(백거이)이 읊은 사설시
조 '우금령雨淋鈴'을 바탕으로 삼았다. '우금령'은 당나라 현
종이 안녹산의 난을 피하여 촉나라로 도망가는데, 장마는
열흘 넘게 이어지는지라, 사랑하는 양귀비를 못 잊는 현종
의 애틋한 마음을 노래했다.

들리는 노랫말은

행구우웅겨어언워어어어얼상시이――임새액으으으으은 ∨
다아아알보아아아하도오――――임의으으으으흐으 ∨ 생
응응가아――――――악 ∨

야우우우문려어――
―엉장다아아안성으으으으으은 ∨ 빗소오오리이이이들어
――――도오오오?
임의으으생응응가아아아아악이이로오오오고오오오 ∨
오호오나――――――― ∨ .

처럼 첫귀가 시작된다.

중국글자 교육을 받은 우리도, 알아듣고 뜻을 새기기 어려운데 더군다나 한글세대이랴?

초등학생의 귀여운 입으로 뜻도 모를 말을 앵무새처럼 따라 부르는 모습을 보면 가슴이 철렁 내려앉는다. 마치 내가 초등학교에 들어가서 일본 선생의 채찍을 맞으며 일본 노래를 따라 부르던 모습이 떠올랐다.

우리에겐 우리 겨레말이 있고, 겨레말을 할 때 입이 움직이는 모양을 본떠 만드신, 배달말에 딱 들어맞는 한글이 있다. 한글은 1446년에 만드셨는데도 정작 우리는 귀한 줄 모르고, 이승만 대통령마저 한글 줄여 쓰기를 내세우자 뜻밖에도 미국의 예일대학 언어학 교수 '새뮤얼 마틴' 님이 찾아오셔 한글을 줄여 쓰는 일은 한국만의 손실이 아니라, 온 누리의 손실이라 하고, 부당함을 학문으로 일깨우니, 이승만 대통령이 고집을 접었다. 마틴 교수님 덕으로 우리는 한글 파동을 무사히 넘길 수 있었다.

이제까지 로마자가 하늘 아래에서 가장 빼어난 소리글자라고 뽐내던 것을 컴퓨터는 세계의 과학자들에게 '한글이 가장 이치에 맞는 하늘 아래에서 으뜸가는 소리글이다.'라는 것을 알게 하였다. 온 누리 과학자들은 이를 증명하고 나섰다.

1968년 한국 국어교육학회 연사로 초빙받은 일본 경도대학 언어학 교수 이즈이 히사노스케(泉井久之助)박사는

"한국 언어는 동사의 뒷가지에 어떤 '음'을 붙여서 명사

로 만드는 편리한 문법이 있다. 이 문법을 활용하면 개념의 혼란 없이 한자말을 모두 한글로 풀어쓸 수 있다. 한글은 한자의 음을 빌 필요 없이 새로운 말을 구성해 낼 수 있다. 일본말은 동사에 뒷가지를 붙여서 명사로 만드는 문법이 없기 때문에 한자와의 인연을 결코 끊을 수 없다. 이런 점에서 한국 문법은 일본 문법보다 우수하여, 한자와의 전면적 결별이 용이하다. 이점에 대해서는 일본인이 부러워해야 할 바이다."

고 했다. 이 말로 미루어 보면 중국글자를 떨칠 수 없는 일본의 고민이 얼마나 큰가와, 한글이 얼마나 빼어난지를 알 수 있다.

이제는 정신에 안개 낀 듯 어름어름한 '중국글자말 나그네'를 '시조라는 우리 집'에서 몰아내고, 우리가 먹고·입고·자며 쓰는 물 흐르듯이 자연스럽고 편안한 '배달말 나그네'가 주인 노릇을 하도록 해야 하겠다. 그리하여 어름어름한 안갯속에서 벗어나, 어린아이 어른 누구나 느낄 수 있고, 부르고 싶게 만드는 일을 나라에서 꼭 해야 할 일이라 여기기를 바란다.

이제 한글의 물줄기는 우리를 넘어 세계로 흘러넘쳐 가는 어귀에 섰다. 우리는 이 귀중한 때에 우리 겨레 누구나 쓸 수 있는 정겨운 '우리 배달말을 더욱 가다듬어 한글에 실어 보석으로 굳히느냐', '말 따로 글 따로 흩어버리고 마느냐'

하는 갈림길에 서 있다. 우리 노래집에 '배달말 나그네' 모시
는 일을 서둘러야 한다고 생각한다. 그리하여 이름과 실제
가 딱 맞는 '우리 노래'로 거듭났으면 한다.

실고추 가시는 날

붉은 고추를 다듬으며 갓이 얇은 고추는 따로 모은다. '어정칠월' 비 오는 날이면 동네 아주머니들이 우리 집에 모였다. 힘든 일을 끝내고, 낫 들고 거둬들일 일만 남기고, 곡식이 익기를 기다리는 동안 어정댈 틈이 생겼대서 붙은 이름이다. 한 방 가득 웃음과 이야기가 차고, 갓 얇은 고추는 머리, 꼬리를 자르고 배를 갈라 속을 발라낸다. 이 일이 끝나면 실고추 가실* 사람만 방에 남고, 부엌일 할 사람이 나가면서 이야기도 갈랜다.

가마솥에 겅그레 지르고, 다듬어 놓은 고추를 그 위에 한 켜 얇게 까는 사람, 솥 속에 김이 찰 만큼만 불을 지피는 사람, 이어서 고추를 이쪽저쪽에 나르는 사람, 어머니는 칼도마, 칼, 쟁반들을 챙기고 점심 차비를 하셨다. 칼도마 두셋이 놓이고, 솥에서 나온 고추를 방에 들여 놓으면, 고추를 판판하게 펴며 고추 머리 쪽에 고추 꼬리 쪽을 얹어 몇 켜 쌓고, 머리 꼬리가 모인 쪽을 한번 구부려 봐서 두께가 알맞다 싶으면 반의반을 이불 개듯 서로 마주 한 번씩 접고, 또 한 번 더 접어서 손가락으로 자근자근 누르고 있으면 가실 사람 손이 와서 받아간다.

칼도마에서 칼끝은 한군데에 못 박힌 듯 그대로인데, 칼 궁둥이를 조금 들었다 놓는다 싶고, 실 같은 실고추는 한 편에 쌓였다. 그 칼 움직임이 어찌나 빠른지 어른들은 날으는 호랑이 같다고 했다. 바싹 다가가 고추가 잘리는 모습을 보려고 눈을 비비고 봐도 칼이 들리고 내리는 모습은 볼 수 없고, 그냥 실고추만 쌓여갔다.

숨 막히는 놀라움이었다. 실고추는 칼도마에서 칼에 업혀 그대로 넓은 쟁반에 모였다. 가시기가 끝나면 바람이 잘 통하는 대청에 그대로 놓였다. 실고추에서 물기를 날리는 일이라 했다. 쟁반 가득 꽃구름이었다.

살림하던 첫해 실고추는 꼭 가셔야 하는 걸로 알았다. 갓 얇은 고추는 따로 모았다가, 뜨거운 물에 적신 행주에 쌓아서 옆에 놓고, 왼손 엄지와 검지가 휘도록 갠 고추를 누르고, 아무리 칼끝을 들지 않으려 해도 내 칼질은 뚜벅뚜벅 이었다. 고추를 누르는 왼손 엄지와 검지가 아파서 쉬고 또 쉬었다.

그렇게 몇 해가 지났을까? 시장에 실고추 가시는 기계가 나왔다. 아무 고추나 펴서 칼날 옆에 놓기만 하면 기계가 착착 가셔냈다. 나도 거기에 "맡길까? 실고추를 살까?" 하고 지켜보지만, '고추 길이대로' 뻗댄 모습이 음식에 넣어도 한아우가 지지* 않을 것 같고, 위생 문제도 걸려 맡길 수도 살 수도 없었다.

그리고 어느 핸가 쟁반에 쌓인 실고추가 꽃구름 같이 아름다웠다.

'어른들이 가신 그 꽃구름이다!'고 느낄 때 내 가슴은 쿵쿵 뛰고 얼굴이 달아올랐다.

이 쿵쿵거리는 심장은 '내가 어머니가 다 됐구나!'하는 마음인데, 기쁜지 슬픈지가 아닌 그냥 더럭한 마음이었다.

* 가시다: 썰다
* 한아우가 지다: 함께 어우러지는 모습

떡 하나 주면 안 잡아먹지

어릴 적에는 밤에 자려고 눈을 감으면 내 옆에 새까만 네모 구덩이가 보이고, 몸이 누운 채로 스르르 구덩이로 딸려 가는 헛것이 보이곤 했다. 그 헛것은 실제로 내가 기력이 없어서 생기는 건지, 어른들 걱정 때문에 생기는 건지 몰랐다.

감기가 들거나, 몸에 조금 탈이 나면 입에서 거위침이 멎지 않아 석류를 옆에 놓고 먹어야만 침이 멎었다. 식구들은 목이 길어서 '황새 늦새끼'라고 놀렸다.

열 살 되던 해에야 초등학교에 들어갔다. 학교에서 돌아올 때는 늘 머리가 아파 한 손으로 이마를 누르며 돌아왔다.

동무들의 장딴지는 조기 배처럼 불룩한데 내 다리는 무릎에서 발목까지 밋밋한 것이 늘 마음에 걸렸다.

중학교에 들어가서 남의 집 밥을 먹게 되면서 어쩔 수 없이 지독한 음식 가림에서 조금씩 벗어났다. 어느 사이인 줄 모르게 내 종아리도 조금 도도록했다.

고등학교 1학년 담임이신 안상용 선생님은 의과대학을 졸업한 의사였다. 당신이 선생이 된 기념이라며 종례시간마다 병에 대한 이야기를 해주셨다. 우리가 아는 병은 말할 것 없고, 모르는 병까지 '병' 자 붙은 말은 다 들추었지만, 내 머리 아픈 병은 없었다.

사람이 많은 곳에 가거나, 무슨 일을 열심히 하거나, 기분이 나쁘거나, 기분 좋게 웃고 떠들어도 내 머리는 아팠다. 혼인 뒤에도 머리 아픈 것은 가시지 않았다.

시어머님이 돌아가셨을 때는 머리 아픈 것을 참다가 탈진해서 친척 집 방 하나 치우고 아예 자리에 눕고 말았다.

시어머님은 아들딸 일곱을 두시고 아무 탈 없이 일흔을 넘기셨다고 동네 어른들은 '복덩이'라 부러워들 했다.

그 뒤로 나이가 들수록 머리 아픈 병은 점점 잦아들어갔다.

둘째가 세 살 때 꼭 체한 듯이 아침부터 오목가슴이 뭉근하게 아팠다. 이 병 저 병을 다 들춰 키 재기를 해봐도 도무지 무슨 병인지 가늠할 수가 없었다. 해가 지려 하자 곁님의 "밤에 더 아프면 어쩌려고 이러고 있냐"는 재촉에, 가까운 병원엘 갔다. 의사는 문진으로 무슨 병인지 가늠이 안가는 듯했다. 침대에 누워서 두 다리를 쪽 벋어보라고 해서 두 다리를 쭉 벋다가 내가 놀랐다. 안상용 선생님의 설명대로라면 맹장염인 것이다.

"오금쟁이가 당기냐?"기에 수술해야 할까 봐 겁에 질려 '아니라'고 의사를 속였다. 의사는 가벼운 위경련이라고 했다.

배는 그대로 아프다가 새벽녘에는 도무지 참을 수가 없었다. 쪼그리고 앉아 통행금지가 풀리는 사이렌 소리를 기다렸다. 의사는 수술을 더 늦출 수 없다고 서둘렀다.

척추에 마취약을 넣는 부분 마취를 했다. 그런데 이게 웬일이냐? 마취가 아예 안 된 상태에서 배를 갈랐으니…… 의사도 놀랐겠지만 도리가 없었다. 부랴부랴 침대에 내 몸을 단단히 결박하는 수밖에. 내 몸부림은 목소리뿐이었다.

의사가 손을 떼자 아팠던 기억으로 온 신경 줄이 곤두섰을 뿐, 아픈 곳이라고는 한 군데도 없었다. 감각 줄이 놀라 달아났음일까? 그런데도 의사는 한 주일 동안이나 입원을 해야 한다고 했다. 주삿바늘이 무서워 빠듯이 두 밤을 새우고, 새벽에 병원을 빠져나왔다. 그 뒤에는 약도 주사도 물리칠 수 있었다. 그렇게 요란하게 호랑이에게 충수 돌기를 내어주고 목숨을 구걸했다는 생각이 들었다.

큰아들이 대학교 2학년이 되던 해에 목에 혹이 보여 갑상선을 도려내는 수술을 했다. 호랑이에게 갑상선 조각과 혹을 주었다.

그 뒤 열두 해 만에 눈 속에서 깨끼손가락 한 마디만 한

혹 하나를 떼어서 호랑이에게 주었다. 호랑이는 다 주지 않았다고 으르렁거렸지만, 뇌에서 시신경으로 갈라서는 자리에서 혹을 떼어 냈다는데, 방사선으로 지지다가 '뇌에 영향이 미치면 어쩌랴'는 무서움 때문에 병원엘 갈 수가 없었다. 정신에 이상이 있고 사는 편보다 죽는 날까지 맑은 정신으로 사는 길이 더 나은 길이라 생각했다.

신경외과 김 박사는 방사선 치료를 해도 후유증이 도무지 없다며 방사선 치료를 받으라고 권하다가 내 뜻을 돌이킬 수 없겠다 싶었던지,

"환자의 마음이 가장 중하지요. 그렇게 받기 싫으시면 받지 마세요. 암은 크게 세 가지로 나눌 수 있고, 암을 위험한 정도에 따라 다시 나누면 열두 가지로 나눌 수 있어요. 다행히 이 암은 열두 번째로 아주 순한 암이어요. 그렇지만 반드시 또 길어 나와요. 그때 다시 저를 찾아오세요."

라고 간곡히 말씀하셨다. 참 고마운 분이다. 그 말씀으로 나는 방사선 치료를 받지 않는 쪽으로 굳혔다. 한 주에 한 번 앞뒤를 바꿔가며 등과 가슴에 부항을 떴다. 겁에 질린 식구들을 달래는 구실도 되고, 체질을 개선하는 길이라고 생각했다. 둘째 아들이 서울에서 쫓아 와서

"어머니는 어머니 생각만 하시고, 식구들 생각은 도무지 안 하셔요? 한소끔 자다가 등에 땀이 흠뻑 젖어서 잠을 깨고 나면, 잠을 더 잘 수가 없어요."

하고 퍽퍽 울었다.

나는 속으로 '내가 만일 정신에 이상이 생기면 너희들이 나를 어떻게 감당하려고? 그때보다는 이게 나을 거야. 이 상태대로 열 해는 버틸 거야. 그러면 내 나이 일흔인데 그러면 됐지!' 하는 마음으로 "걱정 말아. 누구도 낫고, 누구도 이렇게 해서 나았다"고 확신에 찬 말로 달래서 보냈다.

내 생각대로 열세 해를 넘긴 뒤, 눈이 더는 못 참겠다고 아우성일 때, 이번에는 너도 못 갖고, 나도 갖지 않게 불보다 더 무서운 주사를 여섯 차례나 맞으며 혹을 녹여 버렸다. 호랑이는 '너도 갖지 않았다니 어쩔 수 없다'고 저만큼 물러선 듯했지만, 이번에는 눈에 보이지 않는 신경 줄을 조금조금 갉아 먹는 모양이다. 손가락 발가락은 촛물(파라핀액) 투구를 쓴 듯했고. 감성 줄, 맛보는 줄, 기억하는 줄, 듣는 줄, 보는 줄, 뼈마디마다 물렁뼈 줄에 변화가 온다. '빈대 잡자고 오막살이집 태우지 않았는지 몰라' 하는 생각을 떨칠 수가 없었다.

일흔을 넘기고도 이가 다 오롯하다고 자랑스럽게 생각했는데 한가위 무렵에 갑자기 이가 아파 견딜 수가 없었다. 왼쪽 아래 어금니 하나가 금이 갔단다. 이에 구멍을 뚫고 신경을 뽑고 금붙이로 쌓았다. 호랑이는 신경 줄 하나를 챙겼다.

그 삼 년 뒤 '건강검진결과 통지서'에는 고지혈 수치가 높다고 내과 의사의 소견을 들어보라 했다.

'한 내과'에 갔다. 고지혈 검사를 다시 해봤다. 콜레스테롤 수치가 239라던 것이 220이라고 별로 마음을 쓰지 않아도 된단다.

"그러면 이 심한 '건망증'은 무엇 때문일까요?"

의심을 풀자고 목에서 머리로 흐르는 핏줄을 사진으로 찍어보았다. 내가 이상이 있다고 생각했던 오른쪽 핏줄은 탈이 없고 왼쪽 핏줄에 흠이 있단다.

피 흐름을 좋게 한다는 '바스티난정' 한 알과 콜레스테롤을 누그러트리는 약 '리피토' 10밀리그램짜리 반 알을 아침에 한 번, '바스티난정' 한 알과 갑상선 호르몬 '씬지로이드' 한 알을 저녁에 먹으란다.

그 세 해 뒤 오른쪽 무릎 물렁뼈가 흐트러진 것을 가다듬는 수술을 했다. 호랑이는 무릎 물렁뼈 부스러기만을 챙겨갔지만 내 삶은 한 풀 기가 꺾였다. 그 한참 뒤 '바스티난정'을 '기넥신-에프정'으로 바꿨다.

옛이야기 속 떡장수는 떡을 다 주고도 마침내 호랑이에게 목숨을 주었다.

이제 내겐 호랑이는 호랑이가 아니다. 어느 해인가는 먹는 약을 다 끊고, 정갈한 몸으로 같이 갈 길동무로 기다리련다.

생활 쓰레기도 훌륭한 '힘'

버릴 헌 옷에서 자연 옷감으로는 무명, 명주, 모시, 삼베, 모직 옷이 있다. 무명옷은 걸레로 썼지만, 지금은 청소기가 나와 걸레로 쓰는 일도 줄었다. 헌 옷을 삶아 빨아 무명이나 명주옷들에서 반반한 쪽을 골라 작은 손수건같이 오려, 휴지 갑에 넣어두고, 책상머리, 밥상머리에서 한 번 쓰고 버리는 휴지 대신 쓴다. 나머지로는 모양 없이, 오려 두고 밑씻개로도 쓰고, 손아귀에 들 만큼씩 오려 두고 한 번 쓰고 버리는 걸레로 쓰면 휴지보다 훨씬 든든한 일꾼이다.

요즘은 볏짚을 얻기가 어려워, 삼베나 모시 옷가지는 메주를 띄울 때 메주 켜 켜에 넣고, 모직 옷으로는 메주를 넣은 상자 겉을 싸면 메주 띄우는 일을 돕는다. 다시 빨아 빈 항아리에 간수하고, 청국장 띄울 때도 쓴다. 화학 옷감들만 내어놓게 되는데, 그 옷들은 입을 임자를 찾아가거나, 험한 옷은 모았다가 부직포를 만드는 데 쓴다고 한다.

쓰레기를 만나면 자연에서 얻은 것과 사람이 만든 물건으로 쉽게 가른다. 자연에서 얻은 쓰레기는 그 모양이 아무리 고와도, 험해도, 쉽게 썩거나 더디게 썩거나 다 썩는다. 나는 그 썩는 쓰레기를 귀하게 여긴다. 신혼살림 때, 큰집 검둥이를 생각하며, 밥상에서 나오는 쓰레기를 바로바로 장독대에 말려가며 마르는 족족 빈 항아리에 모아보면, 얼마 가지 않아서 한 부대가 찬다. 형님이 살아계실 때는 그걸 큰집에 보내드리면 '자네가 보낸 푸대 것을 도고통에 넣고 몇 번 지근거려, 검둥이 죽을 쑤어주면, 대체 무엇이 들어 있기에 검둥이가 그리도 좋아한당가?' 하시며 기뻐하시던 모습이 선하다.

그 버릇대로 부엌에서 나오는 쓰레기는 큰 쓰레기통 하나 슬래브 지붕에 올려놓고 마른 쓰레기로 모았다가 그 쓰레기로 호박, 박 한두 붓을 처마 밑에 놓는다. 덩굴이 꽃밭을 덮지 못하게 지붕 난간에 노끈을 매어 두고, 그 끝자락은 호박 붓 옆에 매어 둔다. 꽃밭에서 나오는 나뭇가지들을 통째로 지붕에 깔아 놓으면, 시멘트에서 올라오는 열기도 막아 주려니와 호박이나 박 덩굴 손잡이가 되어 바람에 쏠리는 일 없이 줄기가 안심하고 자리 잡는다.

방죽에 연잎이 가득 핀 듯 푸른빛이 싱그럽다. 아침에 눈을 뜨면 그 싱그러움이 맨 먼저 나를 부른다. 늦가을 호박 덩굴과 나뭇가지들은 땅에 다시 내려와 퇴비가 된다.

나는 광목으로 만든 시장 주머니를 즐겨 들고 다니지만, 그래도 물건 살 때 따라오는 비닐봉지가 만만하지 않다. 나가는 물에 흔들어 거꾸로 잡아 빨래집게에 물려 놓았다가 물기가 마르면 다시 쓴다. 그래저래 우리 집 쓰레기통에는 보송한 쓰레기뿐이어서, 손수레로 쓰레기를 걷어가는 시절에도 그것 때문에 바쁜 걸음 칠 일이 없었다.

어렵게 얻은 박 씨는 덩실한 바가지를 해마다 선물한다. 군것질 그릇, 쌀바가지, 마른 쓰레기 그릇이 되다가 때론 물 바가지도 된다.

썩는 쓰레기는 석유나 전기 없이도 이렇듯 화장지도, 그릇들도 만든다. 겸손한 성품, 푸짐한 덕을 베풀고 흔적 없이 자연으로 돌아가는 이것들을 어찌 한 입 거리 힘이라 하랴?

빨래는 며칠씩 모았다가 하고, 푸성귀는 밖에서 씻고, 거기서 나오는 물은 항아리에 모아놓아, 모기가 알을 낳을까 봐 비닐 한 장 덮고 뚜껑을 덮는다. 꽃밭을 가꿀 물이다. 개수대에는 개수그릇을 들여놓고, 쌀 씻은 물들을 받아두고 씻을 그릇이 나오는 족족 그 물에 담는다. 그 물에서 초벌을 씻고, 다시 깨끗한 행주로 약하게 흐르는 뜨거운 물에서, 물 힘이 아니라 행주 힘으로 정갈하게 한 번 더 씻는다. 웬만한 기름기도 행주가 빨아들인다. 행주는 친환경 비누로 다시 빨아 말린다.

뜨거운 물을 버릴 때에는 개수대 구멍에 수세미들을 모아 놓고 천천히 버리면서 보이지 않는 세균 죽이기를 하며, 옛 어른들은 버릴 물도 뜨거우면, 실지렁이가 죽을까 봐 식혀서 버리던 그 정취를 부러워한다.

버릴 물을 되쓰며, 똥오줌을 버리지 않고 되쓰는 일이 가장 값진 되씀이라 생각한다. 지난해부터 나라에서는 하수 정리 사업을 했다. 그때 똥오줌을 객물과 섞이지 않게 철저하게 마무리했으면 좋겠다는 생각을 했다. 그러면 그 똥오줌에서 생기는 가스도 얻고, 거름도 얻는 일을 과학스럽게 할 수 있을 텐데…….

똥오줌이 생기는 것은 자연현상이다. 자연현상은 가장 순하게 다뤄야 하고, 지구를 살리는 길은 생활을 단순하게 하는 것이 지름길이다는 생각이다.

다시 쓰는 후박나무

처음 내 집을 장만하고 나무 한 그루를 심고 스무 해 동안 바라보며, 쓴 글 〈후박나무〉는 내 첫 책 《지는 꽃도 아름답다》에 실었다. 아랫글은 그때 나무 모습을 썼던 글에서 참우리 후박과 다른 점을 드러낸 글이다.

"꽃밭 이야기가 많던 그 시절, 집 몸체에서 서너 발을 때면 어린 후박나무 한 그루가 있었다. 후박나무는 한두 뼘의 회초리 끝에 뾰족한 나무순 하나를 감아쥔 채 겨울을 넘기고도 봄소식에 둔했다. 진달래 개나리 들들, 봄꽃이 흐드러진 것을 보고서야 뾰족했던 나무순이 붓 봉만큼 부풀다가, 연둣빛 들 소식을 들으며 깃봉만 하게 봄을 머금었다. 어느 날 순을 싸고 있던 겉껍질이 사르르 흘러내리며 부풀었던 순이 한꺼번에 확 펴지며 연한 나뭇잎 한 보자기가 깃을 턴다. 그리고는 한꺼번에 어긋 매겨 난 잎은 해바라기처럼 둥근 얼굴을 드러냈다. 잎은 점점 길고 넓어져, 마치 곡식의 티를 가리는 키를 떠올리게 했다."

"우리 집에서 오직 한 그루, 가위 매를 한 번도 맞지 않은 후박나무는 지붕을 훌쩍 넘겼다. 마침 지대도 높은데다가 후박 잎은 뒷면에 하얀 잔털이 있어서 바람에 나부낄 때는 은빛으로 빛났다. 멀리서도 알아볼 수 있는 우리 집의 등대 나무였다."

"넓은 잎 사이에서 연꽃 봉오리 모양의 크고 말쑥한 꽃봉오리들이 보일 듯 말듯 바람 타고 그네를 뛴다. 화사한 우윳빛 꽃은 향기마저 달콤하다."

"큰아들이 군대에 나가 휴전선 가까이에서 일하는 동안이 내겐 애틋한 기다림의 세월이었다. 누구와 눈이 마주치면 금방 눈물이 핑 돌던, 그때는 겨울이 유난히 길어 마음 졸였다. 그러다 어느 아침에 후박 순을 감고 있던 겉껍질들이 토방 가득 쏟아져 있으면 반가워 '아ㅡ, 긴 겨울의 굴속을 벗어났구나' 하고 아들의 시린 귓불을 생각했다."

"철철이 다른 모습의 옷을 벗어주어, 토방을 쓰는 일거리로 한 세월을 삭혀주던 후박나무가 지금도 내 마음속에 애틋하게 담겨 있다."

그런데 이 글을 보신 식물을 전공하신 작은아버지는 이 나무는 후박나무가 아니라며 우리나라 후박나무에 대하여 자세히 설명해 주셨다.

후박나무는 한국이 원산지이고, '늘푸른큰키나무'로 추위에는 약하지만 바람에는 강해 울릉도와 남부지방 바닷가의 산기슭에서 잘 자란다.

키는 20미터, 지름 1미터이고, 겉껍질은 잿빛 또는 거무스름한 주황빛이다. 한 해 자란 가지는 푸른빛인데, 자라면서 붉은빛이 돌며 뒤로 갈수록 길둥근꼴*의 껍질눈이 생긴다. 끝순은 길둥근꼴이고, 많은 비늘 조각이 있으며 붉은빛이 돈다. 늙은 나무껍질에서는 비늘 조각처럼 껍질눈이 떨어지며 잿빛과 흰빛 얼룩이 있으나, 아름드리가 되어도 흉하게 갈라지지 않고 매끈하다.

짧은 잎자루인 잎은 어긋나며 가지 끝에 모여 붙어있는 것 같이 보인다. 깃 모양의 잎맥이 뚜렷하며 두 옆으로 아홉 쌍의 옆 맥이 있다. 전체 잎 모양은 긴 길둥근꼴이고, 가장자리에 톱니도 없이 반질반질하고 윤이 나고 두껍다.

거꿀달걀 모양의 잎 길이는 7~15센티미터, 넓이 3~7센티미터이다. 봄에 나는 새순은 단풍처럼 붉어 아름답다.

5월에 새순이 나올 때 열매가 달릴 대궁은 잎 겨드랑에서 나오는데, 털이 없는 원뿔 모양 꽃차례가 연둣빛의 암수 두 성의 꽃이 많이 달린다. 꽃차례의 길이 4~7센티미터, 지름 1센티미터이고, 꽃 거죽을 싸는 막은 세 개씩 두 줄, 수술은 세 개씩 넉 줄인데 안쪽의 세 개는 꽃 밥이 없고, 암술은 한 개로 길이 3.5밀리미터쯤이다. 암술 한 개에 수술 열두 개가 있다. 열매는 다음 해에 검은 자줏빛으로 동그랗게 익는다.

《동의보감》에는 "후박 껍질은 배가 부르고 끓으면서 소리가 나는 것, 체하고 소화가 잘 안 되는 것을 낫게 하며, 밥통과 창자를 따뜻하게 해서 창자의 기능을 좋게 한다. 설사와 이질과 구역질을 낫게 한다 하여 소화 기관의 대표 약이다" 했다. 오늘날의 울릉도 호박엿은 옛날엔 후박엿이었다 한다.

세종 5년 1422년에 세종 임금님은 '중국에서 생산되지 않는 향약鄕藥인, 단삼·방기·후박·자완들은 지금부터 쓰지 못하게 하겠다.' 하셨다.

우리 나무를 지키겠다는 세종 임금님의 지혜가 돋보이는 대목이다. 그 덕으로 후박나무는 울릉도, 제주도, 남해안 섬들에 널리 퍼져 서민의 애환을 말없이 지켜주는 흔한 나무가 되었다. 팔만대장경의 많은 수가 후박나무라는 것이 이를 증명한다.

볕 바른 곳에서 크는 나무지만 그늘이나 반 그늘진 곳에서도 잘 자라는데 뿌리가 깊게 내려 옮겨심기 힘들다. 분별 없이 거죽을 벗기는 바람에 흔하던 큰 나무는 이제 볼 수 없고, 곳곳에서 보호하는 나무만 볼 수 있다. 이들 천연기념물은 부안 격포리 제123호, 전남 진도군 조도면 관매리 제212호, 경남 남해군 창선면 대벽리 제299호, 경남 통영시 욕지면 연화리 제344호 들이 있고, 경남 통영시 산양면 추도리 제345호는 천연기념물 제215호인 검은 비둘기의 먹이로 이름났다.

중국과 일본에도 퍼져 있으나 온 누리로 보면 귀한 나무다.

중국에서는 '마그놀리아 오피키날리스'를 후박이라 부르고, 나무껍질·꽃·씨를 약으로 쓴다. 오피키날리스는 중국이 원산지이며 높이 5~15미터까지 자라는 낙엽 지는 작은 '큰키나무'이다. 나무껍질은 거무스름한 자줏빛이다. 잎은 어긋나고 거꿀달걀꼴이며 35~45센티미터, 넓이 12~20센티미터이고 중국글자로는 楠(남)이라 쓴다. 꽃은 4~5월에 피고 9~10월에 익는다.

일본은 목련과의 한 나무를 중국글자로 厚朴(후박)이라 쓰고 자기네 말로 호오노기(ホオノキ)라고 읽는다. 일본 유구 원산지에서는 높이 30미터 직경이 1미터까지 자라는 낙엽 큰키나무다.

조경하는 사람들이 이 나무 이름에 붙인 중국글자 厚朴을 그대로 달고 들여와서 우리는 중국글자 그대로 '후박나무'라고 했다. 우리 나무 후박나무는 남부 바닷가에만 있어, 본 사람이 드문 탓에 일본목련이 '후박나무'인 줄 안 사람이 많게 되었다. 이 일을 꾀하여 일으킨 사람들이 바로 그 나무를 들여온 조경하는 사람들이다.

몇 해 앞에 본 전남 신안의 안좌도 길나무는 잎 가장자리에 톱니도 없이 반질반질하고 윤이 나고 두껍다. 동백나무보다는 잎이 크고. 굴거리나무가 떠오르지만, 그보다는 잎이 작고 반질거림이 다르다. 붉은 가지가 파란 구슬 같은 열매를 많이 치켜들었다.

'저 많은 열매를 맺으려고 꽃은 얼마를 피웠을까?'

'그 향기는 얼마나 좋았나?'

'이렇게 아름다운 나무 이름은 무엇일까?'

'이런 아름다운 나무를 늘 볼 수 있는 사람은 얼마나 좋을까!'

스칠 때마다 생각하다가, 작은아버지가 설명하신 우리나라의 후박나무가 떠오를 때 차를 멈췄다. 정말이구나!

기쁘면서도, 이 의젓한 나무에게 부끄러웠다. '인정이 두텁고, 거짓이 없는 소탈한' 우리 나무 이름을 엉뚱한 나무에 붙였으니, 죄스럽다. 스무 해 동안 토방 위에 철철이, 잎받침·꽃받침·시든 꽃잎·꽃술·씨·씨집·가랑잎 들을 받아내며 '즐겁던 마음'을 도둑맞은 이 허망함을 누구에게 묻나?

처음부터 이 나무에 마땅한 이름이 있었다면 그 이름으로 즐기는 것으로 뒤탈 없이 끝났을 것을…….

이곳에 후박 군락지가 있다 했지만 더 보러 갈 염치도 없었다. 힘이 탁 풀렸다. 조경하는 사람의 잘못이지만, 자기네들만 '일본목련'이라 불렀다는 학자들에게 원망하는 화살이 맨먼저 꽂혔다. 겨레는 몰라도 그만이고, 당신들만 '일본목련'이라 알면 된다는 책임 없고, 학자 된 의무도 없었다니……이런 일도 바로잡지 못한 산림청에도 원망이 갔다.

'일본목련' 말고 제대로 그 나무에 맞는 새 이름을 지어 널리 알릴 일이라고 생각한다.

들여온 나라 이름을 나무에 붙이기로 한다면야, 남의 나라 이름 붙은 나무가 얼마나 많으랴?

키가 크대서 '키다리나무', 잎이 키만큼 넓대서 '키잎나무', 꽃이 깃봉 같대서 '깃봉꽃나무', 우리 후박을 빙자한 죗값을 물어 '개후박나무' 들들

여기에 학자님의 의견을 곁들인다면 더욱 좋겠다. 이름만 부르면

"으응, 그 나무!"

하고 누구나 알 수 있고,

"내 이름이네"

하고 나무가 고개 들 수 있는 나무 이름을…….

✽ 길둥근 꼴: 타원형

소나무

배달말로 '솔'은 '으뜸·우두머리'를 뜻하는 옛말 '수리'에서 변화한 말이라 한다. 소나무는 솔나무·솔남구·참솔·소낭구·솔·소오리나무 들 이름이 많은데 '솔'이 나무와 만나 'ㄹ'이 떨어져 나간 말이라 한다.

식물 분류학으로 소나무과는 북반구 전역에 10속 250종이 있다 하고, 우리나라에는 외국에서 들여온 1속 8종을 합쳐서 6속 25종이 있다 한다.

소나무 종류를 가릴 때는 잎 수로 가리는데 우리나라에 자라는 두 잎 종류에는 적송이라 하는 '소나무'와, 흑송이라 하는 '곰솔'이 있고, 다섯 잎에는 꽃밭나무로 심는 오엽송과 잣나무, 섬잣나무, 눈잣나무가 있다. 세 잎 소나무에는 백송·리기다소나무·테에다소나무·잎이 약 50센티미터로 긴 대

159

왕소나무가 있으나, 다 딴 나라에서 들어온 종이다. 우리나라엔 자생하는 세잎종은 없다.

소나무는 끝순 빛깔이 붉을 뿐만 아니라 줄기 빛깔도 붉은 까닭에 적송이라 하고, 육지에 주로 퍼졌다 해서 육송, 잎이 부드럽다 하여 여송이라고도 한다.

곰솔의 겨울눈은 흰 빛깔이고, 나무거죽은 검대서 흑송이라 하고, 바닷가에 퍼졌다 해서 해송이라는 중국글자이름들이 있지만 우리이름으로 '소나무', '곰솔·곰소나무'로 부를 일이다.

다복솔은 원줄기와 가지의 구별이 없이 다복한 나무를 가리킨다. 무주군 설천면 천연기념물 제291호가 있다.

소나무 꽃은 암꽃과 수꽃이 따로 피어 있으나, 윗부분이 암꽃이고 아래 둥근 부분이 수꽃인, 암수꽃이 하나로 되어 있는 꽃도 있다.

소나무는 땅 힘이 약한 곳에서 잘 견디며 잘 자라고, 또 땅이 메마른 곳에서 잘 견딘다. 가랑잎이 쌓여 땅이 걸게 되면 자연스럽게 다른 나무 종류에게 설 자리를 내어준다.

온 누리 향내를 통틀어 사람의 마음을 가장 편안하게 하는 향내는 '소나무 향내'라는 통계가 있고, 우리나라 여론 조사에서도 우리나라 사람이 '가장 좋아하는 나무로 첫째는 소나무다'는 통계가 있다.

늘 짙은 푸른 잎, 붉은 줄기, 열악한 환경에서도 힘차고

우람한 모습에서 뿜어내는 강직함, 줄기와 뿌리의 자유스럽고 부드러운 곡선에서 보여주는 부드러운 성품은 소나무가 지닌 대표할 만한 특별한 덕목이다.

소나무를 베고 나서 수년이 지나면 뿌리에 균이 침범하여 집을 짓는데, 이것을 '복령'이라 하고 한약재로 소중히 여기고 있다. 소나무 잎과 속껍질은 배고픈 사람 배고픔을 달래주기도 했고, 보배로운 송이버섯도 길러낸다. 소나무 꽃가루로 만드는 다식은 잔칫상의 윗주다. 배가 아프면 밥을 먹은 뒤에 어린 솔잎 네댓 잎을 씹으면 좋다 하고, 잎을 구워서 가루 내어 뜨거운 물에 타 먹으면, 밥통을 튼튼히 하고, 푸른 솔잎을 하루에 스무 개가량을 꾸준히 먹으면 회충과 십이지장충을 예방하고, 없앤다는 말도 있다.

우리 문화는 소나무로 집 짓고, 닥나무 껍질로 만든 한지로 문 바르고, 소나무 퇴침을 베었으니, 소나무와 닥나무로 이룩한 문화라 할 수 있겠다.

내가 나고 자란 집은 대문 밖 중문을 열면 길이 'ㄴ' 자로 났다. 텃밭을 끼고 들로 나가는 길과, 우리 집 흙담을 따라 올라가는 길이다. 그 'ㄴ' 자 안에는 골고루 갖춘 비석들이 놓인 큰할아버지 묘가 있는데, 그 경내는 잡풀 한 포기 없는 잔디밭이었다. 잔디밭을 이어서는 쪽 고른 아름드리 소나무 산이 2,000평이 넘게 펼쳐있었다.

우리 동네를 벗어나서 먼 비심으로 바라보는 이 소나무

산은 잎이 검푸른 뭉게구름이 떠 있는 것 같았다. 그 뭉게구름 밑, 풀 한 포기 없는 황토방을 송정이라 했다. 동내 앞 모정은 남정네들을 품고, 송정은 여인네와 아이들을 품었다.

송정에서 가장 많이 하는 놀이는 숨바꼭질이다. 처음은 술래가 보이지 않게 멀리 도망쳐 소나무를 안고 고개 들어 나무를 올려다보면 붉고, 쪽 고른 기둥이 하늘에 닿아있다. 치마를 두 손으로 감싸 두 무릎 사이에 손까지 찌르고, 조심조심 한 나무 한 나무를 건너, 술래 가까운 소나무의 매미로 붙어 술래를 망보는 맛, 술래는 가까운 나무는 잘 보지 않고 자꾸 먼 곳만 보니 그 재미라니…….

마침내는 웃음 때문에 들키든가, 웃음을 참을 수 없어 튀어나오면 술래는 내 이름을 부를 틈이 없어 더듬거리다 마는 그 즐거움이라니…….

산을 큰길 쪽에서 보면 흙이 조금 팬 곳이 보인다. 그곳은 가을에는 노란 서리버섯이 돋는 자리이다. 그곳을 조금 허비적거리면 황토빛 돌이 나온다. 그 돌은 단단하지 않은 돌이어서 마음대로 공깃돌을 쉽게 만들 수 있었다. 가을바람이 불면 갈퀴를 들고 노란 깔비*를 보고 모이는 사람들, 그 속에 끼고 싶어 갈퀴를 들고 나가려다 어머니한테 들켜, 못 나가는 것이 서러워 많이 울었다. 나물도 못 캐게, 우렁이도 못 잡게 하는 설움이 한꺼번에 터졌다. 그 노란 깔비 한 번 긁어 봤더라면…….

꽃 피는 철엔 비가 내리면 장독대 항아리 뚜껑마다, 우물가의 그릇마다, 발자국마다 황금 테가 생겼다. 동네 앞은 밭으로 논으로 확 트였고, 멀찍이 떨어진 다른 동네 머리에서 도도록한 언덕의 모종 자리가 담장인 양 휘돌아 삐친 끝에 넓은 방죽이 있었다.

내가 두 아이 엄마가 되었을 때 송정 소나무를 발매했다는 소식을 듣고, 가슴이 철렁 내려앉아 한동안 아무 일도 할 수 없었다.

얼마만한 돈이었기에 그 아름다움을 허물었을까?

오직 한 그루는 할아버지 산소 비껴 뒤에 구부러졌대서 남긴 소나무다. 이 나무를 볼 때마다 반갑다. 늠름한 많은 소나무들을 다 떠나보내고 '구부러진 소나무가 선산 지킨다.'는 말이 맞는구나 하는 생각이 절로 난다.

차를 타고 먼 길을 갈 때면 언제나 뭉게구름 같은 소나무 산을 찾는다. 한두 그루는 더러 보여도 그런 소나무 산은 없었다. 금강산을 갈 때에도 쪽 곧은 붉은 소나무는 있는데 잎이 뭉게구름 같은 소나무 산은 없었다.

소나무 품종이 '남북송·여북송·금송·금강소나무·처진소나무·다복솔·은송' 들이 있다는데 어느 것일까?

금강산 갈 때 본 이 나무들은 늙은 나무라 잎이 성글어졌고, 우리 동네에 있던 소나무는 한창때의 푸름이었나? 쯤으로 미루어 생각하며 넘나들었다.

소나무의 꽃말은 길조·번식·절개·지조다.

소나무는 영어로 'pine'인데 이것을 움직씨로 보면 '연정의 정에 어쩔 수 없어 하다'라고 한단다. 이 사무친 그리움에는, 그 소나무가 누군가를 기다리면서 애태우는 사랑의 뜻이 그 안에 숨겨져 있음일까?

참고한 글

천리포수목원에서 보내주는 2003년도 겨울호

✽ 깔비: 솔잎, 솔가리

나물 이야기

아스파라거스

어느 해 독일에서 사는 동생은

"이 나물 한 접시는 고기 한 접시 값보다 훨씬 비싸요."

하며 손가락 굵기로 뼘 길이만 하게 쪽 고른 하얀 나물 한 묶음을 사왔다.

"어떻게 해 먹을까요?"

"그 나물 맛을 제대로 맛볼 수 있게."

했더니 동생은 맹물을 끓이다가 아스파라거스를 넣고 소금 간만 해서 내놓았다. 나물은 단맛이 돌고, 국물은 꼭 집어낼 맛은 없어도 개운하고 뒷맛이 좋았다.

"응, 좋은데!"

"먹을 만하지?"

아스파라거스는 아미노산의 한 종류인 '아스파라긴'을 처음 발견한 나무새라서 붙은 이름이란다. 서양 사람들은 기름을 두르고 통째로 살짝 익혀 그대로 먹거나, 다른 남새를 곁들여 '샐러드'로 먹는다 한다.

돌아올 때 씨 한 봉지를 사왔다. 이른 봄 동생의 설명대로 밭에 두엄을 두둑이 깔고, 넓게 자리 잡고 깊게 팠다. 봉지를 트고 막 보려는 참에 회리바람이 획 불어 봉지째 날려 버렸다. 가까스로 씨 몇 개를 찾았다. 동글동글 까만 게 산마늘

씨 같았다. 씨가 굵어 다른 씨보다 조금 깊게 묻었다.

얼마를 기다렸던지, 얼핏 보면 소나무 싹 같은 싹 여덟 개가 났다. 한번 자리 잡으면 그 자리에서 오래 산다기에 서둘러, 듬성듬성 가지모를 심듯 옮겼다. 잎은 꽂꽂이에서 더러 보아 낯설지 않았다. 그 해는 제 타고난 대로 자라도록 풀만 매어주었다.

가을에 잎이 시들기를 기다렸다가 그 둘레를 흙으로 담치듯 빙 둘러 쌓고, 모래를 한 뼘 두께로 덮어주었다.

다음 해 이른 봄 보랏빛이 도는 순이 보인다. 칼끝을 넣어 땅과 모래 사이를 가늠해 2~3센티미터 깊이에서 따냈다. 맨 위엔 자라날 눈 자리가 오모래오모래 모였고 뼘만큼 긴 하얀 순이 미끈하다. 옹골지다.

국으로 먹고, 날것으로 밀가루가 들어가지 않은 고기 산적에서, 잡채에서 빛을 낸다. 해가 갈수록 순 두께가 두꺼워지다가 열 해 뒤부터 두께가 다시 조금 가늘다.

밭이 집과 떨어져, 바쁠 때는 곁님에게 순을 따 달라고 부탁하면 "없던데." 하며 빈손이다. 다음 날 나가보면, 때를 놓친 순이 우두룩했다. 곁님에게 탓하면 분명 없었다고 우겼다. 나중에 안 일이지만 순은 하루에서 가장 따뜻한 오후 두 시쯤에 돋는다 하고, 한번 심은 자리에서 스무 해 동안 순을 낸다 한다.

요즈음은 해 가림막을 치고 푸르게 키우는 것이 가꾸기

쉽고, 하얀빛보다 푸른빛이 영양이 더 많대서 그렇게 기르는 사람이 많다고 한다.

씨를 받아 새로 심는 아스파라거스는 모래를 쌓아주지 않고, 파랗게 올라오는 그대로 기른다.

순이 불쑥 길게 솟는 성깔이나, 꺾어서 바로 뜨겁거나 차게 갈무리하지 않으면 쇠는 것이 고사리 같다. 고사리 연한 팬생이(팬 잎)를 따먹듯, 손 놓친 순을 꺾으려 들면 잔가지는 잘 바스러진다. 바스러지지 않게 살살 다뤄 다른 나물과 섞어 살짝 데쳐 간을 맞추면 파란 빛깔이 유달리 곱고 대나 잎가지가 어느 나물보다 연하고 들큰하다. 때를 아주 놓쳐 버린 순은 내 키만큼 자라고, 가을엔 씨도 많이 낸다. 그러면서도 끊임없이 순이 몇 개씩 돋아, 한 해 내내 파처럼 여기저기에 양념으로 넣는다.

요산을 내보내는 일을 해서, 콩팥에 돌이 생기는 것을 막아준다는 말이 퍼지고, 열량이 낮고, 나트륨이 적고, 식이섬유가 많대서 찾는 사람은 많으나, 가꾸기가 힘들어 값이 비싼 나물이다.

뿌리는 젓가락 굵기만큼 굵은 것이 파 뿌리처럼 촘촘하고 넓게 방석을 이뤄 놀랍다.

온 누리 굶주림을 다스리겠다고 모인 부산 국제대회 때 이 나물을 내놓았다가, '굶어 죽는 사람 걱정을 하는 우리가 이런 비싼 나물을 먹어도 되는 건가.' 하고 입질에 오른 나물이기도 하다. 상품으로 내놓게 농사짓기는 어려워도 발가까운 곳에 몇 포기 심고 즐길만한 나무새다.

* * *
곰보배추

　높은 산이 겁나는 즈음, 여자들만 모여 오르기에 할랑한 산을 찾는 '원마을산악회'에 따라다닐 때였다. 전남 고흥군 외나로도 봉래산에서 돌아오는 길에 뒷간을 찾아 작은 고을에서 쉴 때였다. 차가 떠난다고 호루라기가 울렸는데, 사람들이 오르지 않기에 차창으로 내다보니, 사람들 한 무더기가 머리를 맞대고 무슨 나무새를 캐는 손놀림이 앙칼지다. 그 자리에 못 낀 사람들은 서서 구경을 한다.

　무엇이기에 저렇게들 싸울까? 궁금해서 물어보니 '곰보배추'란다. 나는 모르는 나무새다. 얼마를 기다려 나무새 캐던 사람들이 차에 올라 자리에 앉았다. '곰보배추가 어떻게 생겼는지 한번 보여 달라'고 했더니, 그분은 오히려 보자기를 움켜잡으며 보여주지 않았다. 나는 머쓱했다. 참 이상하다. 산삼을 캤더라도 보여주기는 할 법한데······.

　몇 해 뒤, 이른 봄 어느 집 앞을 지나는데 연둣빛 싹이 빼곡한 상자를 햇볕에 내놓았다. 무엇일까 굽어보니 모르는 나물이다. 주인을 찾아 두리번거려도 주인은 없다. 한참을 굽어보다가 '곰보배추?'란 말이 떠오른다. 어린잎인데도 곰보 자국처럼 옴폭옴폭 해서다.

인터넷으로 찾아보니 곰보배추가 맞다. 인터넷에선 '곰보배추' 팔기가 한창이었다. 어린싹에서, 말린 뿌리·잎줄기, 푸른 잎줄기·뿌리까지…… 값도 만만하지 않다.

물이 흐르는 골짜기 줄기에서 잘 자라고, 기관지에 탈이 났거나, 천식에도 효험이 있단다.

하루는 전주 동생한테서 전화다.

"언니, 저 아는 사람은 곰보배추를 달여 먹고 기침 줄을 놓았데요. 전주 남문시장에 아침 일찍 가면 시골에서 막 캐온 곰보배추를 살 수 있데요." 한다.

나는 어려서부터 밭은기침을 해서 어른들의 걱정을 샀다. 더 늙으면 더 심할까 하는 마음에 한번은 서울대학병원을 찾은 일이 있었다. 이 정도의 기침을 잡으려고 그 복잡한 검사를 해야 하나? 의사는 딱한 얼굴이다. 그래서 검사도 못해보고 돌아섰던 일이 있다.

아버지가 그렇게 공을 들였어도 낫지 않은 기침인데? 하는 시큰둥한 마음이었다.

그런데 지난해 곰보배추를 한 뿌리 심었던 탓으로 그 옆에 있던 부추 상자밭이 곰보배추 밭이 됐다. 추위에도 기죽지 않고, 붉은빛을 띠었지만 생생하다. 상자를 엎고 흙 갈이를 하며

"부추한테 빌붙어 사느라고 제대로 기도 못 폈구나! 너도 숨을 탔으니 너 살기 좋은 골짜기 쪽에 옮겨주마."

하고 산골짜기 물기가 떨어지지 않는 곳을 찾아 심어준다. 빚 갚기다.

***

벼룩나물

이른 봄, 사람은 아직 봄기운을 못 느낄 때, 둑새풀과 함께 하얀 서릿발 덮고 잠자다가 햇살 낌새에 얼른 제 몸을 덥혀 서릿발을 녹이고, 반짝반짝 윤이 나던 두 해 살이 '벼룩나물'을 잊을 수 없다.

가느다란 줄기 마디마다 잎자루 없이 참깨 모양의 작은 잎이 두 장씩 마주나며 가느다란 줄기가 땅바닥에서 많은 가지를 쳐서 보드라운 방석을 이룬다. 그러다가 윗부분만 비스듬히 세워 4~5월에 가지 끝과 그 옆 잎겨드랑이에서 자잘한 하얀 꽃을 피운다. 빈 밭, 빈 논, 논둑, 밭둑, 보리밭…… 어디나 흔하디흔한 벼룩나물. 살며시 우듬지만 싸잡아 베어도 나물 소쿠리는 푸졌지.

쓴맛 없이 담백하고, 보드라워 삶을 거리로, 국거리로도 쓰였다.

171

종이가 귀하던 그때 벼룩나물을 움켜다가 밑 닦기를 했든지, 아니면 부드럽고 맛 좋아 할멈은 당신 입에는 못 넣고, 영감에게만 권했든지 '영감밑씻개'라는 이름이 붙었다. 잎 모양이 참깨 같대서 '깨나물'이라고도 하고, 몸에 털이라고는 도무지 없는데도 개미바늘이라는 이름도 있단다.

지금은 산골짝에나 있어 몇 번 옮겨 심어 봤지만 잘 자라지 않았다. 아예 땅 타박이 없었던 나물이던 것을 생각하면, 땅 타박이 아닌 깨끗한 공기를 찾는가 싶다.

'깨나물'이란 이름이 더 정겨운 이 나물이 마음껏 자랄 수 있는 시절이 오길 빈다.

***

엉겅퀴

어려서 잔등 넘어 당고모와 놀다가 집에 돌아오는 길, 언덕진 논둑 풀숲에서 해맑은 꼭두서니빛 엉겅퀴 꽃이 어찌나 해맑던지 지금도 어데서 꼭두서니빛을 보면 엉겅퀴 빛깔과 견주는 버릇이 있다. 요즘 봄꽃에 꼭두서니빛이 많은데 엉겅퀴 꽃만큼 해맑고 짙은 빛이 없다.

엉겅퀴는 산과 들의 풀밭에서 70~100센티미터로 자라는 여러해살이풀이다. 줄기와 잎에는 빛깔이 드러나지 않는 자잘한 털이 났다. 기다란 잎이 어긋나게 달리고 잎사귀 가장자리가 들쭉날쭉 톱니처럼 갈라지며 갈라진 끝마다 가시가 돋았다.

언뜻 보아 꽃잎은 없고 꼭두서니빛 꽃술만 한 움큼 쥔 듯하지만, 씨방 위에 통 모양의 작은 꽃잎들이 한 움큼 달린 '머리 모양의 꽃차례'란다. 배를 맬 때 쓰는 배 솔 같기도 하고, 풀숲에서 우뚝 치켜든 횃불 모습 같아 '장군의 볏'이라고도 한단다. 나중에는 씨방을 활짝 열고 민들레 꽃씨처럼 털 달린 씨를 날린다.

첫여름, 들에 나가면 언제나 엉겅퀴 꽃을 보는 즐거움을 누렸다. 그런데 들에서 엉겅퀴 꽃 본지가 아스랗다. 산에서는 더러 볼 수 있는 '바늘엉겅퀴'는 잎 째짐이 깊고 가시가 억세고 꽃도 자잘한 것이 빛깔도 흐리다.

어느 해 경기도 양지 시누이 집에 갔을 때 동네 어귀에서 채 날려 보내지 않은 엉겅퀴 씨를 두 봉 따왔다. 다음 해 심어보니 산에서 보던 바늘엉겅퀴였다. 그 밖에 키가 아주 크고 작은 꽃송이들이 아래로 고개 숙인 듯 피는 엉겅퀴는 피를 엉기게 하는 힘이 크대서 '큰엉겅퀴'란 이름이다. 다른 나라에는 없는 우리나라 특종인 '고려엉겅퀴'는 제 이름으로는 잘 알려지지 않고, '곤드레나물'이라고 알려진 나무새다. '항가시·항가새·황가새·가시나물·마자초'라는 이름들이 많다. 한방에선 뿌리는 가을에, 잎과 줄기는 꽃 필 때 걷어서 햇볕에 말려 두고, 지혈·해열·감기·백일해·고혈압·장염·신장염·토혈·혈변·산후지혈·대하증·종기들에 쓴다.

요즘은 토종은 귀하고 밖에서 들어온 생선 등지느러미 같은 가시 달린 지느러미가 줄기에 붙어 있는 '지느러미엉겅퀴'가 기세를 부린다.

한국에서 오랫동안 살던 독일 선교사는 엉겅퀴를 놓고 생약을 연구하는 벗에게 "한국엔 이런 나물이 지천으로 깔렸다"고 하자 그 벗이 한국에 와서 살펴보고, "한국의 엉겅퀴는 독일 엉겅퀴보다 약의 효능이 백 배나 더 있다." 하고 '온 누리에서 가장 욕심나는 나무새는 한국의 엉겅퀴다.'라고 한 말이 퍼지고, 들에서 엉겅퀴가 사라졌단다.

다쳐서 피가 날 때 엉겅퀴를 이겨 붙였다. 피를 엉겨 붙게 한대서 엉겅퀸가 싶다. 겨울을 이겨낸 나무새답게 우리 몸에 꼭 필요한 영양소들을 지녔고, 《동의보감》에도 '간의 병과 산후 부종에 효험이 있다'고 했는데 정작 우리는 그동안 단방약에 머무는 사이 독일의 연구소는 엉겅퀴에서 간세포를 재생하는 성분 '실리마린'을 뽑아 엄청난 돈을 벌어들인다고 한다.

어느 날 엉겅퀴 한 바가지쯤을 뿌리까지 캐다가 시장 길거리에 펴놓고 파는 아낙을 만났다.

"이렇게 뿌리까지 캐다 파니 씨를 말리지요." 했더니 "그래도 씨는 마르지 않던데요." 하고 대꾸하니 밉다. 살려볼까 하고 살펴보니 속잎까지 시들어 살아나지 않을 것 같았다.

그냥 지나치고 나서 내내 아쉬웠다. 그래도 한 뿌리라도 살릴 궁리를 해볼 걸…….

그 뒤로 시장엘 가면 엉겅퀴 장사가 있는지 살폈지만 눈에 띄지 않았다.

잎이 넓고 길며 잎 째짐이 깊지 않고, 가시도 억세지 않은 이런 엉겅퀴는 내 어릴 때도 나물꾼들이 반기던 나물이다.

꽃다지가 노래에만 있는 나물이 된 것처럼 이제 엉겅퀴마저 자취를 감추는가 싶어 애닯다.

독일은 들에 난 풀 한 포기도 마음대로 손대지 못하도록 법으로 막는 다고 한다. 우리나라도 보호할 나무와 풀을 정하고, 지킬 일이라고 생각한다. 종자원에서 씨를 갈무리하고 필요한 사람은 씨를 받아다 제 스스로 길러 쓰도록 했으면 좋겠다.

풀 사이에서 덩실한 꽃을 횃불처럼 밝히던 엉겅퀴를 들에서 볼 수 있길 빈다.

＊ ＊ ＊
떡맨드라미

봄이 오면 장독대 자락에는 '떡맨드라미'가 저절로 싹 텄다. 얼마 동안은 봉선화 분꽃들과 어울려 푸른빛으로 자란다.

키가 30~40센티미터쯤부터 잎자루 옆에는, 꽃은 핀 새 없이 씨를 맺고, 그 위에 피는 잎은 더 길고 크며 잎 빛이 짙은 푸른빛에서 짙은 꼭두서니 빛깔로 몇 켜, 샛노란 빛깔로 몇 켜 돋아 푸른빛하고 어울림이 마치 '포인세티아' 같이 아름답다.

한가위 무렵의 그 빛깔이 가장 예뻤다. 송편을 찔 때 송편 위에 떡맨드라미 잎을 숭숭 썰어 설설 뿌리고 떡을 찌면 꼭두서니·노란·파란빛이 하얀 송편 빛과 어우러져, 보기 좋고, 맛도 좋았던 기억이 생생한데, 지금은 떡맨드라미를 찾을 길이 없다.

아이들에게 먹일 빵과 과자를 구우면서 몸에 해롭지 않은 생 채소에서 물감을 얻으려 했다. 애써 얻은 물감을 넣고 찌거나 구우면 물감 빛이 죽어서 애가 닳았다. 어려서 먹던 송편의 꼭두서니·노랑·파랑빛깔은 쩌도 그 빛깔이 죽지 않던 것을 생각하고 그걸 찾으려고 산에 올랐다가 내려올 때면, 고샅* 길가나 장독대에 떡맨드라미가 있을까 하고, 언제나 산 밑 마을을 기웃거리며 한 바퀴 돌아 나오기가 버릇이 들도록 찾고 찾아도 떡맨드라미는 없었다. 서울에서 볼일을 보고, 틈을 내어 양재 꽃시장에 가서 설명을 해도 그런 나무새는 못 보았단다. '국립농업유전자원단체'에 물어봐도 없다. 이쯤이면 잊어야지 해도,

나에게 떡맨드라미는 고향을 그리는 마음처럼 마음 한편에 자리 잡은 남새이자 꽃나무다.

2013년 12월 5일 유네스코 인류무형유산에 '한국의 김장 문화'가 올라가게 되었다. 거기에 문화 전문기자, 노재현 논설위원의 글에 '고추나 고춧가루가 김장에 쓰인 것도 1800년 이후였다.' 하고, 17~18세기엔 소금 절임이나 초절임 김치가 널리 퍼졌고, "빨간빛을 내고 싶으면 맨드라미꽃을 썼다"는 글이 나온다. 떡맨드라미 물감을 그리워하는 내게는 응원군을 만난 듯 "그래, 떡맨드라미엔 세월에나 열에 변하지 않는 빛깔이 있다니까요!" 하고 외어 본다.

✽ 고샅: 시골 마을의 좁은 골목길

✽ ✽ ✽
단호박

서울에서 사는 둘째 며느리가 하루는 "어머니, 어머니, 오늘 밥집에서 밥을 먹는데 단호박이 어찌나 맛있던지 씨를 얻어 부쳤어요. 심어보세요." 하고 호들갑이다. 나도 어려서 먹던 단호박 맛을 못 잊는 터라 늦은 봄인데도 바로 심었다.

호박은 철이 늦었다고 서둘러 자랐다. 시장에 많이 나오는 것은 두 손아귀에 들어오는 작고 파란빛 호박이었다. 밥집에서는 이런 호박에 단맛을 더해 내놓는다.

옛날 단호박은 보통 호박이 늙은 누런빛보다 조금 짙으면서 매끄럽지 않고, 조금 투박하다. 덩치는 그리 크지 않으면서, 둥글지 않고 갸름한데 꼭지는 뭉뚝했다.

맛은 퍼석하지 않고 찰지며 단맛과 고소한 맛이 한 살 되어 배어 나와 단맛인가 하면, 고소한 맛이 늦게까지 혀를 감싸 감칠맛이 있다.

"누가 옛 단호박을 아시나?" 하고 노래를 불러도 찾지 못했다.

2007년 정월 '국립농업유전자원단체'에 부탁했더니, 기르는 목적을 써내고, 씨를 받고 남에게 주지 말며 농사 일기를 양식 갖춰 써내라는 통지 글과 함께 119호에서

호박　IT　113434과

단호박 IT　195391을 스무 알씩 보냈다.

단호박 겉모양은 옛날 것과 달리 파란빛 줄무늬 호박이 갸름한 럭비공 같이 열리더니 그대로 익었다. 맛은 토종 단호박 맛 그대로다. 씨는 꼭 옛날 단호박 씨 같이 동글고 반질반질 옻을 칠한 것 같았다. 그런데 그 씨를 받아 다음 해 심은 호박은 그 맛이 아니었다. 옛날 단호박은 해마다 그 맛이었는데…….

맛을 붙드는 기술은 없는 걸까? 아쉽기만 하다.

* * *
율무

율무는 어려서 실에 꿰어 목에 걸고 놀던 기억은 있는데, 그것이 자라는 율무 포기를 본 기억이 없었다. 서울 사촌 동생네 아파트 뜰, 풀 속에서 까만 열매 파란 열매를 다랑다랑 단 풀이 있었다.

무슨 열매지? 한 알을 따서 손바닥에 놓고 자세히 보니 율무다. 잎은 갈잎 같은데 잎에 고추 포기처럼 가지가 많고 나무 크기도 고추 포기만 하다. 길에서 손만 뻗으면 닿을 곳인데 사람 손이 타지 않았다. 귀한 씨라 버리지 못하고 두 알을 보태서 가지고 왔다.

다음 해 율무 세 포기가 나란히 한자리 차지하고 키도 내 가슴을 벗어났다. 열매는 한꺼번에 익지 않고 물물이 익었다. 율무나무를 안 것으로 되었고, 그다음 해부터 율무를 심지 않는데도 제멋대로 아무 데나 자리 잡는 지심거리가 되었다. 지심거리를 막으려고 그것들을 따서 모았다. 제법 큰 소쿠리로 하나가 되었다. 내 동무 재숙이는 얼굴에 무사마귀가 많이 나서 율무를 먹는다고 했다. 율무는 단백질을 녹이는 강력한 효소와 지방산이 들어 있어 비만과 부종을 다스리고 사마귀를 없앤다고 했다. 칼슘이 많아 골다공증에도 좋다는 소리는 무성한데 딱딱한 저 껍질을 어떻게 벗기고 속살을 꺼내나?

방앗간에 가서 물어봐도 막갈이 하는 수밖에 도리가 없단다. 기계에서 한 바퀴 돌려 놓고도 난감하고, 몇 바퀴 돌려도 난감했다. 여느 곡식처럼 가루가 나오지 않아 껍질을 가려낼 수가 없었다. 할 수 없이 껍질째 푹 쪄서 엿기름물에 담가 삭혀서 조청을 고았다. 그 뒤론 율무 싹을 보는 대로 뽑아내었다.

재숙이는 율무를 알곡만 상점에서 산다고 했다. 정말 율무를 알곡으로 곱게 깎아서 점방에서 팔고 있었다. 그런데 쌀도 누런 쌀을 먹는 나는 방앗간에 가지 않은 통율무를 찾고 있었다. 가까운 '여산'에서 율무 농사를 짓는 할머니가 계시대서 가보니 우리 밭에서 기르던 율무 대와 잎은 비슷한데, 보리와 밀처럼 얇은 겉껍질을 뚫고 알곡만 털려 나오는 품종이 따로 있었다. 할머니는 그 율무를 절구질해서 곱게 거죽을 벗겨 팔고 있었다. 그해부터 그 할머니한테서 통율무를 몇 해 동안 사서 먹었다.

우리 밭에서는 아무리 뽑아내어도 제가 타고난 대로 딱딱한 열매를 내는 놈이 그대로 있었다. 모아놓고 보니 까만 율무가 귀엽고 만지는 촉감도 좋고, 바닷가의 몽돌 접히는 소리 같이 자르르자르르 서로 부딪는 소리가 좋았다.

자그마하게 베개를 만들어 베어보니 아주 좋다. 베개를 크게 만들었다. 움직일 때 소리도 좋고, 목과 어깨를 편하게 받

힐 수 있고, 높낮이도 마음대로 맞출 수 있다. 튼튼한 천으로
속청을 넣고 방석을 만들어 율무로 속을 꽉 채워 걸상 아래에
놓고 발을 올려놓으면 발이 편하고 고슬고슬하다. 방석을 모
로 세우면 발을 더 높게 올릴 수도 있다. 흠이라면 무거운 것
이다. 다른 즐거움이 많은 벗이라 그 흠은 눈감아줄 만하다.
율무 베개와 방석은 날마다 마주하는 내 벗이다.

＊＊＊

왕고들빼기

　왕고들빼기는 산과 들의 풀밭에서 자라는 한 두해살이 풀
이다. 줄기에 어긋나는 잎은 새의 깃꼴로 갈라지며 어느 풀
보다 의젓하고 깔끔하다. 잎과 줄기를 자르면 우유 같은 흰
즙이 나오고, 맛이 상추와 같데서 '들상추'라고도 한다. 생즙
을 내면 나물로는 가장 맛이 좋다.

　논둑을 깎아 놓으면 들상추 새순이 돋는다. 만두레*를 하
고 돌아오는 일꾼들 손에는 연한 들상추 한 줌씩 들려 있었
다. 그 들상추를 모아 그 자리에서 고추장 초절임을 해서 밥
비벼 먹던 모습이 선하다. 8~9월에는 줄기가 사람 키를 넘
으며 줄기 끝에서 갈라진 가지마다 연한 노란빛 꽃이 모여
달려서 원추꽃차례를 이룬다.

씨를 받기도 쉬워 밭에 아예 한 두럭 심었다. 막 즐기려는 참인데 들나물이라고 마음 가볍게 캐가는 사람이 있어 그것도 쉬운 일이 아니었다.

"이렇게 정갈하게 가꿨는데도, 절로 자란 풀인지 가꾼 풀인지 구별이 안 될까?" 군담 한마디 던진다. 그래도 내 차지가 많아 다행이었다.

✽ 만두레: 논에 풀을 세 번 매는 데 마지막으로 하는 김매기

✳ ✳ ✳
박하

박하사탕 냄새가 나는 박하는 어려서 소꿉장난 밥상의 으뜸 반찬이었다. 살림을 하며 '허브'라고 하는 향기 나는 나무새가 한창 번져갈 무렵, 나도 그런 나무새를 몇 가지 길러보았다. 그런데 나무새 이름이 입에 잘 붙지 않고 맛도 별로였다.

그 뒤부터 어려서 소꿉 반찬거리로 쓰던 박하를 찾았다. 그 박하는 네모진 대에서 마주나는 잎의 모양이 고춧잎 같은데, 잎가에 톱니가 고와 살가운 마음이 가는 나무새다. 하지만 그런 것은 찾아도 없고, 잎이 조금 둥글고 털이 나서 투박한 '개박하'라 할 그런 박하뿐이었다.

그러던 어느 해, 부안 선산 시제 모시는 곳에 곁님을 따라나섰다. 그 제실 꽃밭에 내가 찾던 박하가 있었다. 한 뿌리 갈라다가 텃밭에 심었다. 포기를 늘려가며 잘 자랐다. 생선회에는 언제나 연한 박하 순 몇 가닥이 놓인다. 이 재미를 함께 나누고 싶어 박하 자랑을 한다.

박하에는 진정 효과가 있다고 여름, 약이 찰 무렵* 가지를 베어서 그늘에서 말려두고 잠 안 올 때 달여 먹으면 잠이 잘 온다고 달라는 사람이 있었다.

또 어느 해에는 경기도 가평군 상면 '아침고요수목원'엘 갔다. 어느 교수의 작품이라 해서 귀한 식물이나, 멸종위기에 놓인 식물들을 과학스럽고, 체계 있게 모아 관리하며 유전자 보존을 담당하는 천리포수목원을 상상하며, 먼 길을 마다않고 간 바 있다. 그런데 그곳은 아주 거창하게 넓은, 눈이 즐거운 놀이터였다. 한 바퀴 돌아 나오기엔 벅찼다. 나오는 어귀에서 주인은 "피곤하시지요." 하며 고개를 조금 숙여 보라고 했다. 손가락으로 뒷목에 점 하나 찍었는데 피곤이 확 달아나고 새 세상이 열린다. 놀라서 뒤돌아보니 주인은 작은 종발에 든 짙푸른 즙을 나오는 사람들 뒷목에 찍고 있었다. 나는 웃으며 "박하즙이군요." 했더니 그렇다고 한다.

'여름에 뿌리·가지·잎을 그대로 그늘에서 말렸다가 열이 나면 한 가지쯤 푹 달여 마시면 열이 내리고, 위를 보호하는 효능도 있다'고 한다.

반찬에 곁들이는 맛 말고, 박하 기능의 새로운 발견으로 오는 길이 환해졌다.

✽ 약이 찰 무렵: 나무마다 지닌 제 성분이 충만함을 말한다.

* * *

돌나물

겨울 끝자락에 익산시 금마 미륵산에 오르노라면 골짝에 바위들 높새바람을 막고 섰다. 햇볕 받는 바위 어깨에서 흘러내리는 눈 물을 받아먹고 푸른빛을 띠는 돌나물, 차마 나물로 뜯지 못하고 몇 뿌리 들어다 텃밭 햇볕 바른 곳에 놓았다.

손가락 마디만큼씩한 줄기 마디마디에서 한 자리에 세 장씩 잎이 모여 달리는 것이 다른 풀과 다르다. 잎 모양은 벼룩나물 잎을 부풀린 듯 참깨 모양인데 잎과 줄기는 단단하지 않고 꾹 누르면 즙이 나올 정도로 무르다.

줄기는 한 뼘이 넘게 자라지만 바로 서지 못하고 누워서 자란다. 바위틈에서 뿌리 내리고 그 바위에 업혀 산대서 돌나물인가 보다. 돌나물, 돈나물, 돗나물이라고도 하고 강원도 어느 지역에선 수분초, 석채라 한다. 잎 달린 마디마다 뿌리내릴 차비를 하고 있어 흙에 닿기만 하면 뿌리 내

리고 새 줄기가 나와 어디서나 무리 지어 잘 자라는 여러해
살이풀이다.

단백질·지질·섬유질·칼슘·철·비타민A·나이신산 들들 여러
가지 영양소가 많아 '간에 좋다'는 입소문을 타고, 생즙감으
로 많이 찾는다.

이른 봄엔 잎줄기를 생으로 초절임해 먹다가, 많이 돋아
나면 단지에 청각과 쪽파를 깔고, 돌나물을 단지 가득 넣고,
싱건지를 담가 살짝 익히면 돌나물이 지닌 비린 냄새도 없
어지고, 통통하던 잎줄기가 차분하게 가라앉은 게 부드럽고
맛이 좋다.

한방에선 '불갑초', 말린 것은 '경천초·삽지갑'이라 하지만,
그냥 누구나 어디서나 '돌나물·마른 돌나물'이라 했으면 좋겠
다. 열이나 독을 푸는 데는 말린 돌나물을 달여 마시게 한다.

어느 곳에서나 줄기차게 잘 자라다가 늦봄부터 여름 내내
두고두고 피는 노란 꽃은 조금 뾰족한 다섯 장 꽃잎에 열 개
의 수술이 달렸다. 산이나 꽃밭에서 바위를 베고 피는 꽃은
귀물이다.

집안에서는 다듬고 남은 꼬투리 단속을 잘한다고 해도 꽃
밭에 자리잡기 일수다.

***
미나리

빛깔 살려 데친 미나리 머리 쪽을 위로 하고, 소고기 편육 한 점에, 노랑·하얀 지단 두툼하게 부쳐 그도 한 점씩 얹고, 붉은 고추 한 점 얹어 미나리 몸으로 홰홰 감아 고추 초장 얹은 '미나리강회'는 맛 자랑 솜씨 자랑을 한다. 미나리의 참맛을 보려면 오롯한 미나리 김치·나물도 빠질 수 없다.

미나리 한 펄기를 캐여서 씻우이다
년대 아니야(다름 아니라) 우리님께 바치오이다
맛이야 긴치 아니커니와 다시 씹어보소서

미암 유희춘(1513~1577) 부제학이 전주에서 미나리 맛을 보고 전주 진안루에서 읊은 시다.
미나리 맛이 얼마나 좋았으면 임금님께 드리고 싶었을까?
전주는 맛의 고장답게 전주의 여덟 가지 맛*을 꼽는데, 그 안에 미나리가 든다.
이런 미나리지만, 미나리꽝에 우글거리는 실지렁이와 거머리를 보고 자란 나는 미나리를 한 입도 못 넣었다. 그러던 초등학교 육학년 때 이웃 면인 청하초등학교 무슨 잔치에 우리 학년이 손님으로 갔다. 점심에 나온 미나리 비빔밥 한 그릇, 몸을 비비 꼬다가 수저를 들고 미나리를 가려내 보지만 어쩔 수 없이 딸려드는 미나리 맛에 입맛이 당겼다.

어려서 먹은 음식 맛은, '집 짓는 뼈대에 전깃줄 늘인 것 같이 사람 머리에 맛 줄 한 가닥이 놓인다 했던가!'

살림을 하면서는 봄기운만 돌면 막 돋아나는 작은 '주먹미나리'와, 생기 돋은 '쪽파'에, 땅에 묻어둔 '가을무'를 얄팍하게 썰어 넣고 담근 풋김치가 입맛을 돋우었다. 그리고는 삶은 미나리 잎·줄기 나물이 오르고 제대로 살이 오르면, '줄기미나리김치' 한 단지에 흐뭇하다.

봄이 깊어지면 미나리에서 송진내가 나서 반찬의 한 품목에서는 벗어나지만, 찌갯감의 빛깔 내기·향 맞춤으로 좋다.

칠팔월에 윗부분의 잎과 마주나는 꽃대 끝에 여러 꽃자루가 우산살 모양으로 갈라져 그 끝에 하얀 꽃이 하나씩 달린 것이 모여 둥근 꽃송이를 이룬다.

가을걷이가 끝나고 미나리 뿌리와 줄기를 잘라서 무논에 뿌리면 겨울 동안 새순이 돋아나 미나리꽝이 된다.

나는 텃밭 물고랑을 살짝 비켜 미나리를 놓고, 한 해 내내 연한 미나리를 즐긴다. 우리 조상들은 미나리와 아주 친하게 살았던 듯, '처가의 세배는 미나리 꽃 핀 뒤에 가라'는 말도 돈다.

✿ 전주(완산)의 7가지 맛

　①소양의 담배 ②사정(다가공원)의 콩나물 ③오목대의 모래무지 ④청
　포묵 ⑤고들빼기(열무) ⑥미나리 ⑦김제(한내)의 참게 ⑧고산의 연감

＊ ＊ ＊
둥굴레

　둥굴레 차를 아는 사람은 많지만 둥굴레 풀을 아는 사람
은 적으리라.

　산과 들의 햇볕 바른 곳에서 잘 자라는 여러해살이풀이
다. 농학박사 임경빈 교수는 "모든 나무와 풀은 지구 생태계
를 만드는데 똑같은 중요함을 띠게끔 창조한 것임을 안다.
내 눈에는 더 잘나고, 더 못난 나무는 없는 것으로 비친다."
고 하지만, 나는 그 경지에 못 미침일까? 풀숲에서 그리 크
지도 작지도 않은 잎을 달고 둥글게 휘는 둥굴레 풀의 모습
이 내 눈에는 뛰어나게 곱다.

　잎 길이는 손가락만 하고, 꽃은 아주 늦은 봄에서 이른 여
름 사이에 잎과 줄기 사이에서 꽃자루가 길게 나와, 한두 송
이 갸름하고, 새하얀 꽃 끝을 푸른빛으로 감싼 꽃이, 잎 밑
으로 달랑달랑 달린 모습이 내 마음을 사로잡았다.

　둥굴레라는 고운 우리 이름이 어떻게 붙었을까?

가녀린 줄기가 30~70센티미터로 자라며 둥글게 휘어져서일까? 아무래도 잎자루 없이 줄기를 조금 감싸며 줄기에 어긋나게 달리는 '나란히맥'을 가진 잎이, 잎자루 쪽에서 잎끝으로 둥글게 휘어 모이는 잎맥 때문이 아닐까 싶다.

중국글자를 좇던 때에는 잎이 아름답대서 옥죽, 한방에서는 황정, 소필관엽, 위유, 선인이 먹는 음식이라는 뜻에서 선인반이라 했다. 지역에 따라 죽네풀, 괴불꽃이라고도 한다.

원통 모양의 땅속줄기는 구불구불 옆으로 기고, 줄기 주변엔 가는 수염뿌리가 난다. 이 땅속줄기엔 전분이 절반쯤 들어 있고, 다른 영양소가 많아 이 풀뿌리로 흉년의 고비를 넘겼다던 고마운 풀이다. 뿌리를 씹어 보면 단맛이 나고 '밥에 찌거나 구우면 밤보다 맛있다'는 이도 있다. 구슬처럼 둥근 열매는 긴 자루에 매달린 모습도 예쁘고, 살과 물이 많고 그 속에 검정 씨가 들어있다.

《동의보감》에는 둥굴레가 '해의 정기를 받았다 하여 생약으로는 첫 번째 자리에 두고, 인삼을 네 번째 자리에 둔다' 했으니 둥굴레 차가 이름을 떨칠 만하다.

산에 자주 오르던 '80년대에 사람 발치에 녹아나는 둥굴레 한 촉을 주어다가 꽃밭 귀퉁이에 심었던 것이 지금은 단풍나무 밑에 둥지를 틀고, 이른 봄엔 햇빛을 좇아 꽃밭 밖으로 손가락만 한 순이 고개 내밀면 귀엽다가도, 애잔한 마음이다.

전남 장성군 충령산을 내려오는데 이름 모를 어린나무가

구둣발에 밟혀 잎이 다 망가지고 뿌리가 들렸는데, 어데 심을까 두리번거리다가 어데 심어도 살 것 같지 않아 우리 집 꽃밭에 심고 나무젓가락으로 울타리를 쳐주며 한 열 해쯤 키운 것 같은 데 이제 겨우 두어 뼘 자랐다. 이제 보니 언뜻 보면 잎맥이 가운데로 한 줄, 옆으로 한 줄씩 세 줄 뿐인 듯한데 자세히 보면 옆으로 난 잎맥들도 희미하게 있는 것이 다른 나뭇잎과 구별할 수 있는 늘푸른나무다.

나무 이름이 무엇일까? 봄에 이 나무 새순이 돋으면 대견한데, 제대로 자랄 자리가 없는 둥굴레 순은 애잔하다.

* * *

머위

어려서 산자락 검불을 헤집고 버섯처럼 땅 위로 솟는 주먹만 한 노란 꽃이 신기해 캐다가 나무 눌 뒤에 심었다. 할아버지는 애들이 나무를 심으면 '명을 앗긴다'고 꾸중하시는 바람에 아무도 굽어보지 않는 나무 눌 뒤에 심었다. 어머니를 은밀히 모셨다. 어머니는 '머위꽃'이라 하셨다.

머위는 이른 봄에 꽃자루가 없는 작은 꽃들이 들러붙어 있는 꽃차례를 이룬 것들이 다시 모여 둥글게 주먹만큼 큼직한 꽃차례를 만든다. 그 밑에는 잎처럼 생긴 작은 포가 차례로 달린다. 꽃이 한 뼘쯤 되면, 그때에서야 듬성듬성 땅에서 나오는 잎은 잎자루가 마구 올라와 무릎 높이까지 자란다. 그 끝에 달리는 잎은 연잎처럼 넓고 둥근데 잎자루에서 두 쪽으로 둥글게 갈라진다. 그리고 바닥은 까끌까끌하고 가장자리에는 작은 톱니가 있다. 잎자루의 굵기는 손가락 굵기이고, 잎을 떼어내고 대만 한데 묶어 놓으면 연한 연둣빛이 곱다. 우리나라 아무 데서나 잘 자라는 여러해살이풀이다.

제주도에서는 꼼치, 영남에서는 머구, 강원도 일부 지방에서는 머우라고 한다.

이른 봄에 나오는 어린잎은 간장 겉절이가 가장 맛있고, 상추들과 같이 쌈 싸 먹으면 뒷맛이 좋다. 모심기와 김매기에는 으레 머위 대에다 들깨와 쌀을 갈아 넣고 만든 탕이 빠지지 않았다. 나물·볶음·장아찌·조림·정과 들을 만들고, 끓는 물에 데쳐 말려 놓으면 생선조림 밑깔이에서부터 고사리처럼 쓰임이 많다. 잎도 삶아서 나물로 먹고, 꽃송이로는 술도 담그고, 된장에 박아두었다가 먹고, 찹쌀가루를 입혀 기름에 튀겨 먹기도 했다.

우리가 초등학교에 다닐 때는 도시락 반찬에 머위 대 껍질로 만든 장아찌를 가져오는 동무도 있었다. 또 그 껍질에는 썩지 않게 하는 성분이 있어 산나물들을 소금 절임 할 때 우거지로 덮고 절이면 곰팡이가 피지 않는단다.

열량이 적대서 중의 음식으로 알려졌지만, 살찌는 것을

싫어하는 사람에겐 좋은 음식이다. 칼슘·인·아스코르빈산
들의 무기염류가 많이 들어있는 알칼리성이라 봄에 먹으면
몸이 나른하고 늘어지는 것을 막는다고 한다.

한방에서는 '봉두채'라 하지만, 누구나 잘 알 수 있도록
그냥 머우라 부를 일이다. 뱀에 물렸을 때나 종기가 났을 때
통증을 덜어준다 하여 달여 먹거나, 잎과 줄기로 즙을 내어
양치질을 하기도 했다.

아무 데나 뿌리를 옮겨 심으면 잘 자라고, 눈이 덮일 때까
지 어린잎을 즐길 수 있는 고마운 나물이다.

***
참나물

숲 속 응달에서 자라는 여러해살이풀인데 향기가 있다.
북반구와 남아프리카에는 수십 종이 있고, 우리나라 산에는
참나물·노루참나물·가는참나물 세 가지가 있다 한다. 거기
에 농사꾼이 기르는 참나물이 있다. 그 참나물은 곧 꽃을 피
워 먹을 철이 짧아 잇달아 새로 심어야 한다.

독일에 사는 동생은 이른 봄에 산에 지천으로 나는 참나
물인데 맛이 좋다며, 뿌리의 흙을 깨끗이 씻어내고 젖은 휴
지에 싸서 두세 뿌리 짐 속에 넣어 주었다. 무슨 종류인지는

모르겠고, 한 번 심고 돌보지 않아도 들에 푸른빛이 돌기에 앞서 어김없이 파란 싹이 올라온다. 올라올 때 바로바로 따서 생으로 먹고, 미쳐 못 딴 잎이 수북하면 삶아 나물로 먹는다. 더 질겨지면, 삶아서 말렸다가 정월 보름나물로 먹으면 질기지 않다.

6~8월 사이에 잎과 마주나는 꽃대 끝에 여러 꽃자루가 우산살 모양으로 갈라져 그 끝에 하얀 꽃이 하나씩 달려 둥근 꽃송이를 이룬다. 뿌리로 나눠 심기가 편해서 씨 받을 일이 없으니 꽃은 바로 베어 먹는다. 음식점에서는 아주 귀하게 쓰이겠다 싶어, '유림속으로'란 음식점에 기르라고 한 무더기 가져다주었다. 다음 해 여름 그 집에 갔더니, 고기 접시 한편에 잎자루만 나란히 곁들여 내놓았다. 참나물 향이 입안에 확 퍼진다. 여름에는 연한 잎이 쉽게 마르는 것을 피하고 향기는 살리는, 집 주인의 재치가 돋보였다.

꽃밭 한구석엔 참나물과 박하를 놓고, 다른 쪽엔 초롱꽃 한 무더기를 놓았다.

'봄이 어디만큼 왔나' 묻고 싶을 때면, 꽃밭 둘레에서 참나물 몇 잎, 초롱꽃 몇 잎이 생나물감으로 손에 들리니 즐겁다.

＊ ＊ ＊
민들레

민들레는 봄이면 톱날 같은 잎을 방석처럼 깔고, 그 사이에서 꽃대 하나를 올려 꽃을 피우는 여러해살이풀이다. 우리가 흔히 꽃 한 송이로 알고 있는 민들레꽃은 수십 개의 작은 꽃송이들이 모여 있는 '꽃차례'이다.

그 작은 꽃에는 물기를 담당하는 꽃들과 벌·나비를 끌어들이는 꽃들로 나뉘어서 씨 맺기에 협동한단다. 이들 작은 꽃들의 협동으로 꽃가루받이에 성공한 뒤, 공처럼 둥근 모양의 열매를 만들어 씨앗들을 가벼운 솜털에 실어 바람을 타고 살랑살랑 40킬로, 그러니까 백 리를 날아간다는 보고가 있다.

민들레의 종류로는 우리 토종 민들레인 하얀빛 민들레, 제주도 특산인 좀민들레·산민들레·털민들레 들이 있고, 서양에서 들어온 서양민들레가 있다.

오랫동안 우리 사랑을 받던 정겨운 토종 민들레는 점점 밀려나고, 서양에서 들어온 서양민들레가 이 땅을 점령하고 있다. 우리 민들레와 서양민들레는 꽃 빛깔이며 모양이 아주 비슷하지만, 꽃의 아랫부분에 있는 총포가 처음부터 뒤로 젖혀져 있는 것은 서양민들레이고, 바로 서서 붙어 있는 것은 우리 민들레이다.

희망의 새봄에 희망을 주는 노란빛 들꽃조차도 서양 것에 자리를 내주고도 그것이 서양 것인지조차 모르고 있는 현실이 안타깝다.

민들레의 옛 이름은 미염둘레였는데 민들레로 바꿔 부르게 되었다 하고, 그냥 둘레·앉은뱅이·안진뱅이·문들레라고 하는 곳도 있고, 금잔채·고체라고 하는 곳도 있다.

옛글을 보면 서당을 '앉은뱅이 집,' 서당 훈장을 '포공'이라 했으며, 서당에는 으레 앉은뱅이를 심었다 한다. 나쁜 환경에서도 잘 견디며, 뿌리가 잘려 나가도 새싹이 돋아나는 강함, 꽃이 차례대로 피는 예절, 온몸을 다 바치는 쓰임, 꽃이 벌들에게 많이 베푸는 덕, 줄기 잎에서 젖처럼 액이 흐른다 하여 도타운 사랑, 그 액은 종기를 낫게 하는 어짊과 늙은이의 머리를 검게 하는 효성이 있고, 스스로 바람 타고 뒷뉘 살 자리를 개척하는 용감함 들들 배울 점이 많아 어린 학생들이 다니는 서당에 심고, 이러함을 가르치는 선생을 '포공'이라 불렀다 한다.

우리는 민들레를 보면 자라온 고향이 떠올라 살갑다. 그저 바라보는 것만 좋은 게 아니라, 한방에선 민들레가 열을 내리고, 피를 맑게 하고, 오줌 누는 일을 돕고, 염증을 없애고, 위를 튼튼히 하고, 땀을 밖으로 나가는 일을 돕고, 쓸개즙이 잘 돌게 하여, 감기·기관지 점막의 염증·애(간)의 병·부인병·황달·늑막염·애의 염·소화불량·변비 들들 여러 증상에 처방한다 했다. 민간에서는 민들레 하얀 액을 사마귀에 여러 번 바르면 사마귀가 없어진다고 알고 있다.

민들레는 잎과 꽃, 줄기와 뿌리를 모두 먹는다. 뿌리를 잘게 썰어 말려 볶으면 좋은 차가 된다. 이제 민들레 농사를 짓는 이가 늘어난다.

텃밭을 가꿀 때 최현숙 언니한테서 흰 민들레 한 포기 얻어 심고, 밭에 나는 민들레꽃을 살펴 바깥 종은 보는 족족 캐내었다. 다행인 것은 민들레는 다른 종을 받아들이지 않는 점이다. 어느덧 하얀 민들레는 나무 밑까지 다 차지했다. 밭에 들어서면 하얀 민들레들과 눈 맞추는 재미에, 아까워서 제대로 먹어보지도 않았는데 내가 몸이 불편해 밭째 떠나보냈다.

우리 꽃밭에 난 하얀 민들레 한 포기를 '스티로폼 상자로 만든 밭'에 옮겨 심었더니 겨울에는 꽃대를 세워 꽃은 못 피우고, 꽃대를 짧게 내어서 세우지 않고 꽃을 오므린 채 뉘어서 흙에다 꽃송이를 딱 붙이고, 눈을 맞으면서도 씨를 익혀 솜털에 실어 보낸다.

보는 족족 모아 흙에 묻는다.

연한 '우리 민들레 세상'을 바라며…….

＊＊＊

토란

토란은 열대 아시아가 원산인 여러해살이풀이다.

온 누리에는 1,500종이 넘는다는데 우리나라는 '잎줄기 빛이 파란빛과 가짓빛'의 두 종이 있다. 가짓빛 줄기를 우리 토종이라 한다. 잎은 어느 것이나 사랑표 모양을 길게 늘인 것 같은데, 잎자루 끝에서 길고 짧은 잎맥을 뻗으며 굉장히 큰 잎에, 잎대도 길게 달린다. 비 올 때 보면 연잎처럼 제 몸은 젖지 않고, 물구슬과 노니는 듯하다.

시인 복효근 님은 '토란잎에 궁구는 물방울같이는' 이란 시에서 그 모습을 읊었다.

> "그걸 내 마음이라 부르면 안 되나/토란잎이 간지럽다고 흔들어대면/궁글궁글 투명한 리듬을 빚어내는 물방울의 둥근 표정/토란잎이 잠자면 그 배꼽 위에/하늘빛깔로 함께 자고 선/토란잎이 물방울을 털어내기도 전에/먼저 알고 흔적 없어지는 그 자취를/그 마음을 사랑이라 부르면 안 되나"

처음 토란을 기를 때다. 토란 한 되를 사다가 심었더니 파란빛 줄기 토란이었다. 다음 해 지난해 어미뿌리로 썼던 것까지 씨로 썼는데 '카라꽃' 같은 긴 밀감 빛 꽃이 피었다. '100 해나 키워야 꽃이 핀다던데?' 하며 꽃말이 '행운'이라는 꽃을 즐겼다.

우리 토종 씨를 사려고 익산 재래시장을 세 해 동안 쫓아다니다가 겨우 어느 아낙 한 사람을 만났다. 그 뒤로 스무 해 넘도록 토종 토란을 기른다.

토란은 열대 식물답게 추위에 약하다. 다른 씨앗들이 다 싹이 나온 뒤 4월 중순 무렵에 골을 널찍이 두고 30센티미터 간격으로 토란의 뾰족한 끝을 위로 하고 심으면 한복판에서 싹이 나는 것이 토란의 머리가 되고, 그 머리 둘레에 알이 붙어서 토란 씨가 된다. 토란 싹이 10센티미터쯤 자라면 대 옆에 흙을 도도록하게 쌓아 주어 옆에서 다른 순이 올라오지 않게 한다. 옆 순이 올라오면 흙을 조금 헤집고 순이 올라오는 자리에서 순을 도려내고 흙을 더 도도록하게 쌓아 주어 옆 순이 다시 나오지 못하게 한다. 그래야 먹을 토란이 곱다. 미처 손이 못 가서 옆 순이 우북하게 나오면 알이 동글지 않고 가늘고 길어 좋은 토란이 적게 달린다.

파란 줄기 토란은 억세어서 토란 대도 많이 나오고 토란 수확량도 많다.

가짓빛 토란 줄기는 파란빛 토란 줄기보다 줄기나 토란 수확량은 조금 적지만, 줄기나 토란이 연하고 비타민 C가 더 많다고 한다.

토란이란 이름이 말해주듯 '흙에서 나는 달걀'답게 영양분이 많다.

주요 성분은 당질과 단백질이다. 토란 대에는 칼슘·칼륨·비타민 B군·인·섬유질 들이 들어 있다.

토란은 활성산소의 산화를 어느 정도 막아주며, 미끈거

리는 성질을 가진 무틴이라는 성분은 몸 안에 글루크론산을 만들어내기 때문에 몸 안의 주요 기관들을 튼튼하게 하며, 멜라토닌이라는 수면 호르몬이 들어 있어 불면증에 좋다 한다. 수산칼륨이 들어있기 때문에 어깨 결림 같은 근육통이나 살의 응어리들을 풀어준다 하고, 또한 간에 지방이 붙는 것을 막아주는 일도 한단다.

〈농가월령가〉 팔월령에는 "신도주 오려 송편 박나물 토란국을 선산에 제물하고, 이웃집 나눠 먹세" 했듯이 토란은 명절음식이다. 고려 1236년에 쓴 의약서 《향약구급》에 쓰이기를 "토란은 뱃속의 열을 내리고, 밥통*과 창자의 운동을 돕는다"하여 지나치게 먹고 배탈 나기 쉬운 추석에 먹는 조상의 지혜가 돋보인다.

토란 대는 거죽을 벗겨 말려놓으면 한 해 내내 고사리를 대신해 귀하게 쓰인다. 말린 토란 대는 된장이나 소금을 한 수저 넣고, 찰박하게 물을 붓고 조물조물 주물러 물 위로 뜨지 못하게 무엇으로 지그시 눌러, 한나절 동안 놓았다가 그 물은 버리고 삶는데, 가짓빛 토란 대는 연하기 때문에 물을 낙낙하게 붓고 물이 끓으면, 불린 토란 대를 넣고 고루 저으며 1~2분 정도 젓다가 만져 보아서 속까지 익었으면, 찬물에 헹군다. 입에 넣고 자근거려 봐서 아린 맛이 남았으면 물을 몇 번 갈아준다.

파란 토란 대도 그렇게 불렸다가 삶는데 삶는 시간을

1~2분 더 둔다. 어느 토란 대나 자칫 짓무르기가 쉽다. 그렇다고 덜 익히면 아린 맛을 빼기가 어렵다.

토란은 생으로 껍질을 벗기려고 애쓰지 말고, 껍질째 깨끗이 씻어, 압력 밥솥에 물을 조금 붓고 겅그레를 넣고, 그 위에 토란을 얹고, 추가 움직이는 시간 따라 푹 찔 수도 있고 살짝 찔 수도 있다. 쪄서 바로 먹으려면 추가 움직여 2~3분 놓았다가 불을 끄고, 김이 빠지기를 기다려 꺼내어서 거죽을 벗기면서 바로 먹을 수 있고, 다른 음식을 만들려면 추가 움직이면 1~2분 뒤에 불을 끄고 바로 김을 빼버리고, 껍질을 벗겨서 음식을 만들면 된다. 그러면 껍질 벗기는 일거리도, 아린 맛을 우려내는 일거리도 없어진다.

우리가 자랄 때는 찐 토란을 군것질로 먹은 기억이 없다. 그런데 초등학교에 다닐 때 운동장 끝에 있는 교장 관사에서 사는 일본 애들은 찐 토란을 군것질로 들고 다니며 껍질을 벗겨 먹던 것이 떠올라, 쪄 보니 맛이 아리지 않고 좋았다. 한꺼번에 많이 먹는 음식이 아니라서 끼니마다 두세 알 쪄 먹는 맛이 썩 좋다.

✽ 밥통: 위

꽃 이야기

* * *
창 포

윤정님 씨가 권하는 바람에 작은 들꽃모임의 식구가 되었다. 정해놓은 회에 들어가는 터라 분위기를 해칠까 봐 처음은 조심스러웠다. 산에 첫발을 들여놓으며 만나는 풀마다 이야기꽃이 피고, 젊은 사람들이 살가워 그들과 편하게 푸나무 이야기를 나누는 맛이 어느 모임보다 즐거웠다.

지금은 이름도 잊었지만 그때 시인이기도 한 어느 고등학교 선생이 가꾸는 학교 꽃밭도 보여주고,

"창포 잎 몇 개 목욕물에 넣고 목욕하고 나면 온몸이 보드랍고 향기롭다"는 이야기에서, '덕진' 연못가에 빙 둘러 있는 창포 덕에 그 많은 사람들이 머리 감으려고 몰려들었는데, 어느 시장님이 창포 꽃이 부들 같아 밉다고 노란 꽃창포로 갈아치기하고 '덕진 연못의 값어치가 얼마로 떨어졌느냐'고 성토하는 자리가 됐다. 이렇게 큰 실수는 자리를 떠난 뒤라도 그 책임을 꼭 물어야 한다고 열을 올리는 이도 있었다.

'창포와 꽃창포는 사돈의 팔촌도 안 된다.'

'창포는 천남성과이고, 꽃창포는 붓꽃과다.'

창포 꽃은 5~6월에 피는 육수꽃차례라고, 살이 많은 꽃대 주위에 꽃자루도 없이 작은 꽃들이 다닥다닥 붙으며 5~7센티미터로 부들꽃 모양으로 대에 매달린 모습이 노란빛이 도는 된장 빛이어서 예쁘다고 할 수는 없다.

연못이나 강가에서 뿌리가 물에 잠겨서 자라는 '물에서 크는 식물'이다.

높이가 70센티미터 넘게 자라는데 몸 전체에서 향기가 난다. 창포 향기는 상큼하고 은근하고 신비로운 자연 향수라 무엇에 비길 수도, 표현할 수도 없는 창포만의 것이다.

창포 꽃으로 만든 요는 모기, 빈대, 벼룩이 얼씬 못하며 잡귀도 얼씬 못한다.
창포 뿌리로 비녀를 만들어 머리에 꽂으면 머리가 아프지 않고, 액을 막아준다.

단옷날 창포로 술·떡·김치를 만들어 먹은 뒤 백날이 지나면 얼굴에서 빛이 난다. 흰머리가 검어지며, 빠진 이도 난다.
창포 잎에 맺힌 이슬로 아침마다 눈을 씻으면 낮에도 별을 볼 수 있다. 들들……'

이만하면 우리 겨레에게 창포는 풀이 아닌 신비다.

한 고을을 다스리는 원님이 이만한 겨레 정서도 모른 대서야 죄가 되겠다 싶었다.

얼마 앞서 전북 완주군 동상면을 가는데 들판의 큰 집에 "창포 체험장"이란 현수막이 걸려 있기에 달려가서 앞뒤로 살펴봤지만 냇물 흐르는 물길은 돌로 쌓아 올려 시멘트 칠갑을 해서 풀 한 포기 얼씬 못하게 만들었다. 주인에게 창포가 어데 있느냐니까 창포는 다른 곳에 있다고 했다. 창포 뿌리를 사러 왔다고 하니 눈길을 피했다.

내 마음 밭에 '창포' 자리 하나 비어 있다.

＊ ＊ ＊

상사꽃

상사꽃은 꽃이 필 때는 잎이 없고, 잎이 필 때에는 꽃이 없어 서로 그리워한다고 해서 붙여진 이름인 여러해살이풀이다. 우리 꽃이라고 생각하기 쉽지만, 고향은 중국이다. 아주 오래 앞에 이 땅에 들여왔기 때문에 그저 우리 꽃이려니 싶다. 절 둘레에 많이 심었고 꽃이 예뻐 집 마당에 심은 곳도 더러 있다. 잎은 봄에 나온다. 길쭉한 꼴로 길이가 30센티미터 정도다. 잎의 잎파랑이는 열심히 탄소동화작용을 해서 양분을 알뿌리에 저장하고, 6~7월에 마른다.

잎이 지고 난 무더운 여름 60센티미터나 되는 긴 꽃대를 올리고, 그 끝에 4~10개가량의 큼지막한 분홍빛 꽃송이를 사방으로 매단다. 언뜻 보기엔 원추리나 나리꽃 같지만, 실제로는 아래쪽 꽃잎 부분이 더 많이 벌어지고 그 사이에서 수술과 암술이 보인다. 꽃은 피우지만 열매는 맺지 못한다.

옛날 한 스님이 세상의 여자를 사랑해서 날마다 여자를 그리워했지만, 신분이 신분인지라 여자를 만날 수 없었다. 대신 제 안타까운 마음을 담은 상사꽃을 절 앞마당에 심었다는 이야기가 전해 내려온다.

둥근 땅속줄기에는 '리코린'과 '알칼로이드'가 들어 있단다. 리코린은 먹은 것을 토하게 하고, 기침을 멎게 하고 가래를 삭여주는 작용을 하며, 이질을 낫게 하고 열을 내리는 일도 한다. 종기나 옴에 땅속줄기의 즙을 발랐다. 약으로 쓸 때에는 비슷한 종류를 다 함께 비슷한 증상에 처방했단다.

땅속줄기를 말려 가루 내어 책장 속에 넣어두면 좀 슬지 않으며 상사꽃 온통을 갈아 벽을 바르는 흙에 섞어 바르면 쥐가 뚫고 들어오지 못한다고 한다.

땅속줄기에는 녹말이 많아 물에 잘 우려내면 먹을 수도 있고, 풀을 쑤면 좋은 질의 풀이 된다.

잎이 마르고 꽃이 나오기 앞까지는 쉬는 철이므로 6~7월에 땅속줄기가 다치지 않게 캐내어 보면 어미줄기 옆에 2~4

개의 아들줄기가 있다. 그것을 따내어 심으면 쉽게 수를 늘려나갈 수 있다.

* * *
꽃무릇

아이들이 서울에서 공부하던 때다. 지하도를 막 벗어나니 꽃무릇 큰 사진이 먼저 눈에 띈다. 멋지게 휘어 올라온 꽃술에 반한 나는 이끼로 아무렇게 휘휘 감은 알뿌리 한 덩이를 오천 원에 샀다.

땅속 비늘줄기는 길둥근꼴이고, 껍질이 검었다. 한 뿌리인 줄 알고 펴보니 수선화 뿌리 같은 알뿌리가 여러 개다. 옹골지다. 우리 꽃밭 한편에는 벌써 백양꽃이 자리 잡고 있었다. 백양꽃을 멀리 두고 바라보는 자리에 꽃무릇은 둥지를 틀었다.

남부 지방의 절 근처에서 자라는 여러해살이풀이다. 가난한 시절 잎은 나물로, 뿌리는 쑥을 넣고 오래 고아서 허기를 달래주던 무릇이 그렇게 베푼 은공으로 예쁜 몸으로 바꿔 태어났나? 그 예쁜 모습으로 스님들 마음에 꽃단장 시켜주려고 한사코 절 옆으로만 모였을까?

이 꽃이 상사꽃과 같은 속에 들어서 잎과 꽃이 같이 피지 않는 특징은 같지만 상사꽃은 아니다. 9월 무렵에 30~40센티미터 높이로 꽃줄기가 자라, 그 끝에 대여섯 개의 꽃송이가 달렸으며, 상사꽃보다 꽃잎 조각이 훨씬 깊이 갈라지고 꽃 빛깔도 진한 붉은빛이다. 꽃송이마다 꽃잎 조각 6개가 뒤로 말리고 가장자리에 주름이 진다. 수술은 꽃마다 6개씩이 꽃 밖으로 길게 나와 하늘을 보고 곱게 휜다. 열매는 맺지 않는다. 가을에 꽃이 진 다음 잎이 돋아 겨울 내내 푸른빛을 자랑하다가 다음 해 6~7월에 말라죽는다. 잎은 길이 30~60센티미터로 끝은 둥글게 마감하고, 가운데 잎맥을 따라 골이 진다. 백양꽃 잎보다 억센 맛이다.

'석산'이란 멋없는 이름을 던져버리고 누가 먼저 '꽃무릇'이란 예쁜 이름을 불러주었나? 요즈음은 산을 벗어나 사람 가까운 길가며 꽃밭을 차지했다. 다른 꽃은 잎이 에워싸 주고 꽃이 피는데, 산속에서 동그마니 꽃만 피우던 시절보다 좀 나으냐?

어데 간들 잎을 그리는 마음 잊으리. 꽃을 대신해 그 마음을 내가 읊조린다.

'등장* 가세 등장 가세 하나님께 등장 가세

잎이 에워싸 주는 위에서 꽃 피게 해 달라고 하나님께 등장 가세……'

* 등장: 하소연

백양꽃

백양꽃의 학명 "L. Koreana Nakai"을 보면 이 꽃이 우리나라 꽃임을 알 수 있다. 이 꽃을 처음 발견한 곳이 전남 백양사 주변이어서 백양꽃이 되었다. 요즘에는 거제도나 화순군에서도 자생지를 확인하여 반가움을 더한다. 숲 속에서 자라는 여러해살이풀이다. 상사꽃과 같은 종류의 풀인 만큼 꽃과 잎이 같이 피지 않지만 상사꽃보다 좀 작은 꽃자루 끝에 더 많은 꽃송이를 달고 있으며, 꽃 빛은 붉은 벽돌 빛이다. 보기 귀한 식물이라고 특산 식물로 지정했다.

봄에 일찍 올라오는 잎은 청순하여 아늑함을 자랑하다가 6~7월에 말라 죽는다. 마침 미선나무 옆에 있어, 미선나무 꽃 잔치가 끝나고 잎과 새 가지가 어우러지는 8월쯤 미선나무에게 "잘 지내셨우—"하며 쑤욱 한 자나 되는 꽃대를 타고 고개를 디민다.

꽃대 끝에서 '우산살 모양으로 갈라져 그 끝에 꽃이 피는 두상꽃차례'다. 열매는 없다. 노랑 꽃도 있다 한다.

잎과 꽃이 같이 피지 않는대서 상사꽃이라 부르기 쉽지만, 백양꽃이란 당당한 제 이름을 부를 일이다.

* * *
산자고

산자고라는 이름 대신 '까치무릇'이라 하던지 '까치밥'이
라 하면 쉽게 다가온다. 우리 동네에서는 '까치밥'이라 했다.
중부 이남 지방의 산자락이나 숲과 연이은 들판에서 자라
는 여러해살이풀이다. 아직 푸른빛이 풍성하지 않을 때 마
른 풀을 헤집고 무릇 잎 같은 잎 두 장이 마주 보며 봄빛 가
득 담고 고개를 내민다. 무릇 잎은 살이 많고 붉은빛을 띠고
물러 보이지만, 까치밥 잎은 살이 없고, 흰빛을 띤 푸른빛이
깔끔하다. 잎은 씨에서 나올 때는 한 잎씩 돋고, 뿌리에서
나올 때는 두 장씩 돋는다.

잎 길이가 길게 자라면서 4월에는 두 잎 사이에서 한 뼘
을 넘지 못하는 꽃대가 솟는다. 허리를 굽혀 굽어보면 꽃자
루 위에 지름이 3센티미터쯤 되는 여섯 장의 갸름한 하얀 꽃
잎이 가지런히 난다. 하얀 꽃잎에는 가느다란 보랏빛 줄이
그어 있고, 그 안에 샛노란 수술들이 도드라져 참 곱다.

잎 길이는 보통 한 뼘만큼 길지만 길게는 한 자(30센티미
터)까지 되는 잎도 있다. 여름이 되면서 익은 열매는 저절로
벌어져 씨가 튀어나오는 삭과 '겹씨방 열매'다.

땅을 파보면 동글거나 길둥근꼴의 땅속줄기인 비늘줄기를 만나게 되는데, 비늘줄기 밑에는 수염뿌리가 많이 나고, '거무스름한 주황빛' 털이 둥근 비늘줄기를 촘촘히 싸고 있다. 이 비늘줄기는 약으로, 먹을거리로 쓰임이 많다.

비늘줄기에는 '콜히친'들과 여러 '알칼로이드 전분'들이 들어있단다. 피멍을 풀어주고, 종기를 낫게 하는 효능이 있어 목이 부었거나, 관절이 붓고 아플 때 들들 여러 증상에 치료약으로 쓴다 하고, 일본에서는 비늘줄기로 술을 담가 잠자리에 들기 앞서 마시며, 목구멍이 아플 때는 달여서 차게 마신다 한다. 비늘줄기의 껍질을 벗겨 된장 장아찌를 만들거나 샐러드에 넣어 먹기도 하고, 조리거나 구워 먹는다.

지방에 따라 물구, 무릇, 까치무릇, 까치밥 들로 부르고, 종소명 에둘리스(edulis)는 '먹을 수 있다'는 페르시아의 옛말에서 나왔다 한다. 약으로는 캐어낸 비늘줄기를 씻어 햇볕에 말렸다가 쓰는데 '광자고'란 이름이다. 산자고란 이름은 광자고에서 내려온 이름이다. 그런데 또 한방에서 '약난초'의 생약 이름도 '산자고'라고 하니 먹는 사람이 잘 가려 먹어야 한다. 이렇게 외우기 어렵고, 헷갈리는 중국글자말 이름을 언제까지 쓸 일이 아니라 우리 삶에서 쓰는 이름 그대로 쓸 일이라고 생각한다.

씨가 떨어진 자리엔 헤아릴 수 없이 많은 싹이 올라오는 것을 생각하면 씨를 받아 번식하면 될 듯하다.

어려서 한 살 위인 삼촌을 대장으로 조무래기들이 모여 까치밥 캐러 나섰다. 까치밥 옆에는 으레 '꿩의 밥'이라고 하는 풀이 털 달린 잎과 꽃대를 세워 안내하는 풀처럼 솟구쳐 있었다. 조무래기들은 까치밥을 캐서 잎을 끈인 듯 모아 잡고, 귀밥 찾기에 매달린다. 귀밥 잎은 빛깔이나 손에 닿으면 부드러운 맛이 꼭 쑥 같다. 그 뿌리는 인삼 같고. 그걸 만나면 "귀밥이다"하고 외친다.

따뜻한 양지에 모여 앉아 귀밥 먼저 껍질을 벗기면 하얀 살이 나온다. 귀밥 한 뿌리는 까치밥 열 개를 합친 것보다 양이 많아 입맛도 좋고 달고 맛있었다. 까치밥 둥근 비늘줄기를 촘촘히 싼 그물망을 벗기면 하얀 살이 나온다. 그걸 손바닥에 놓고 살살 비비며

"물 한 동이 줄게 꿀 한 동이 다오. 물 한 동이 줄게 꿀 한 동이 다오" 하는 주문을 노래 부르듯 소리 내어 외었다.

귀밥은 바로 먹고, 달지만 조금 아린 맛이 있는 까치밥은 이렇게 뜸을 들여 먹었던 것은 어른들의 지혜였으리.

전북 불명산의 화암사를 찾는 산자락에 까치밥 예쁜 꽃이 쫙 깔려 있었다. 하나만 보아도 뛰며 기뻐하던 꽃인데, 이렇게 산자락 하나를 덮으니 그 작은 것이 얼마나 황홀하던지…….

이렇게 화사하게 빛날 때를 본 약의 효능은 돈값으로는 헤아릴 수 없으리라.

＊＊＊
하늘타리

하늘타리는 중부 아래 남쪽의 산기슭이나 들에서 자라는 덩굴지는 여러해살이풀이다. 잎과 마주나는 덩굴손으로 다른 물건을 감고 오른다. 잎의 밑 부분이 사랑표 꼴로 생겼으나 가장자리는 5~7갈래로 깊게 갈라지며 갈래 조각에 톱니가 있다. 7~8월에 암꽃과 수꽃이 따로 잎겨드랑이에 하나씩 피는데 납작한 종 모양의 하얀 꽃은 다섯 갈래로 갈라지고, 갈라진 꽃잎 가장자리가 실처럼 가늘고 길게 갈라진다. 술패랭이꽃을 떠올리지만 그보다 더 가늘고 길다. 한 주먹으로 벅찰 만한 열매는 밀감 빛으로 익는다.

같은 종인 노랑하늘타리는 남부 아래에 많이 퍼져 있다. 줄기에 어긋나는 잎은 밑 부분이 사랑표 꼴인데 가장자리가 3~5갈래로 얕게 갈라지며, 갈래 조각 가장자리는 밋밋하다. 암수딴그루로 7~8월에 잎겨드랑이에서 하얀 꽃이 한 개씩 피는데 하늘타리 꽃과 비슷하지만, 실처럼 갈라지는 꽃잎 가장자리 길이가 하늘타리보다 조금 짧다.

우리가 어렸을 때는 하늘타리 열매를 '하노수박'이라 하고, 귀뚜라미를 쫓는 부적이라 부뚜막 벽에 하노수박 한두 개씩 집집에 달아놓았다. 뿌리를 캐 보면 알뿌리가 고구마처럼 든다.

내가 초등학교에 들어가기 앞서 내 얼굴에는 주근깨가 많아 어머니가 걱정하시다가 하늘타리 뿌리로 가루를 장만하여 낯을 씻기고 분처럼 발라주기를 얼마 동안 하였다.

그런데 초등학교에 들어갔을 때는 얼굴이 깨끗해서 동무들의 부러움을 샀다.

내가 이날까지 그 나무 이름을 외우게 된 것은 나보다 네 살 아래 동생이 고등학생일 때, 학교 과학 전시회에서 그걸로 과학상을 받은 일이 있어서다. 학생마다 한 가지 작품을 내야 하는데, 낼 것이 없다고 걱정하는 동생에게 어머니가 그 나무뿌리로 가루를 만들어 주시며 "수세미즙을 받아 얼굴에 바르는 '물 분'을 만들어 학교에 내라"고 하셨다.

마침 오늘 졸업한 지 64년이 되는 초등학교 동창모임이 있었는데, 한 동무가 내 얼굴이 유난히 깨끗했다고 하자 옆에 있는 다른 동무는 맞장구를 쳐서 듣는 이들을 웃겼다.

'하늘타리 뿌리가 정말 주근깨를 없애는 효험이 있을까' 하고 《동의보감》을 찾아보니

"하늘타리 뿌리를 과루근(瓜蔞根)이라 하고 맛은 쓰고, 독이 없고, 성질은 차다. 입안과 혀가 마르고, 가슴이 답답한 것을 낫게 하고, 작은창자를 잘 통하게 하여 종기나 살갗이

헐어 생긴 발진과 염증을 가라앉히고 고름을 잘 빨아낸다고 한다. 천화분(天花粉)이란 이름도 있고, 주로 소갈병*을 치료하는 선약이라고 했다. 무주 진안 지방에서는 소가 설사를 할 때 먹인다 한다. 모두 탕약으로 먹었음을 말한다. 그런데 참으로 뿌리의 가루를 얼굴에 바른 것으로 티끌을 없애는 효험을 본 것일까? 어머니의 정성 때문이었을까? 아직까지도 늘 궁금하다.

＊ 소갈병: 당뇨

＊ ＊ ＊

<h2 style="text-align:center">은방울꽃</h2>

은방울꽃은 우리나라를 비롯해 일본, 중국, 동시베리아들 북반구의 여러 나라에서 자라는 여러해살이풀이다. 봄이면 나무가 들어찬 숲에서 이따금 드러나는 틈 사이로, 따사로운 햇살이 찾아드는 곳에서 은방울꽃을 만날 수 있다.

봄에 땅 위로 얇은 비닐 막처럼 생긴 뿌리잎이 몇 장 올라오는데, 그 속에서 잎 두 개가 서로 얼싸안아 원줄기처럼 된다. 이어 손바닥처럼 넓게 펴지는 잎 길이가 12~18센티미터, 폭이 3~7센티미터 정도 되고, 가장자리는 밋밋하고 끝이 뾰족하며 뒤쪽은 연한 흰빛이 돈다. 두 잎이 미처 활짝 펼쳐지기도 앞서 뿌리잎 안쪽에서 꽃자루가 올라오고, 꽃자루를 따라 열 개 정도의 희고, 종처럼 생긴 예쁜 꽃들이 수줍은 듯 휘어져 고개 숙인 채 조랑조랑 달린다. 꽃잎 끝은 여섯 갈래로 갈라져 있는데 뒤로 살짝 말려 있다. 살찐 열매는 구슬처럼 둥글고 빨갛게 익어 예쁘다. 다 자라면 꽃자루의 높이까지 합쳐서 20~35센티미터 정도다. 땅속으로 땅속줄기가 뻗어 가면서 새로운 순을 군데군데 내보내고, 땅속줄기의 밑부분에는 수염뿌리가 난다.

은방울꽃은 생김새에 맞게 아름다운 이름을 가졌지만, 분명 이름보다도 훨씬 아름다운 꽃이다. 게다가 봄바람에 실려 오는 향기는 워낙 특별하여 향수의 원료가 될 정도이니, 화려하고 현란하지 않지만 이만한 꽃도 드물다.

우리 꽃밭에는 서른 해 자란 호랑가시나무가 있어 꽃철에는 대문 밖에서부터 향내로 황홀하다. 집 안을 돌아다니며 코를 흠흠거리다가 보면 눈길을 끄는 녀석이 있다. 꽃의 키를 따라 고개를 숙이면, 이번에는 달콤하기까지 한 향기가 호랑가시나무에게 "네 꽃 백 송이가 내 꽃 한 송이만 하랴!" 하는 듯하다.

한방에서는 붉게 익은 열매를 강심제나 이뇨제, 피를 잘 돌게 하는 데 쓰고, 8월쯤에 뿌리를 햇볕에 말렸다가 여러 약으로 쓴다 한다.

잔디는 햇볕 타박을 많이 하는 풀이라, 큰 나무를 사정없이 베어내야지만 잔디를 살릴 수 있다.

죽어서 의젓한 나무 아래에서 이 꽃으로 이불 삼으면 봄부터 가을까지 허전하지 않으리라 생각한다. 그래서 더 마음 가는 꽃이다.